Georges Simenon

Zum Weißen Roß

Roman
Deutsch von Trude Fein

D1730098

Diogenes

Titel der Originalausgabe:
› Le Cheval blanc ‹
Copyright © 1938 by Georges Simenon

.

′

I

Stell ihn doch auf den Boden, Maurice!«
Warum sollte er sich gerade an diesen Satz
eher erinnern als an einen anderen? Und warum
gerade an diese Minute eher als an irgendeine
andere Minute dieses Pfingstsonntags?

Der Junge dachte nicht darüber nach. Er wußte
nicht, daß es von Bedeutung wäre, daß er später
als Mann und noch später als Greis das Bild seines
Vaters, wie es sich jetzt seinem Gedächtnis ein-
prägte, als einziges wieder heraufbeschwören
würde.

Er hob den Kopf, denn er war erst sieben Jahre
alt, und sein Vater kam ihm außerordentlich groß
vor, noch vergrößert durch Christian, der auf seinen Schultern ritt, und durch den Schatten, den
die untergehende Sonne von ihm malte.

»Gib mir wenigstens deinen Hut, er macht ihn
ja ganz kaputt.«

Denn Christian hielt sich mit beiden Händen am
väterlichen Strohhut fest. Er rührte sich nicht,

er betrachtete es nicht als Spiel, so getragen zu werden.

Später sollte sein Bruder Emile sich auch an ihn erinnern, wie an jede andere Einzelheit dieses Ausflugs, zum Beispiel das eigentümliche Grün des Schilfs unter den letzten Sonnenstrahlen.

Christian thronte mit der erhabenen Würde einer orientalischen Majestät, die auf dem Rücken des heiligen Elefanten sitzt, auf den Schultern des Vaters. Seine sehr hellen blauen Augen schienen leer, aber jeder in der Familie wußte, daß er drei oder auch sechs Monate später plötzlich die Geschichte dieses Tages herunterleiern würde – und zwar mit Einzelheiten, die allen anderen entgangen waren.

Gib mir wenigstens deinen Hut, er macht ihn ja ganz kaputt.

Es war wie im Kino. Mutter trat ins Blickfeld und hob den Arm, aber sie blieb verschwommen, und Emile erinnerte sich nicht einmal an das Kleid, das sie trug: doch sicherlich ein helles Kleid, das sie selbst geschneidert haben mußte.

Die Aufmerksamkeit des Jungen konzentrierte sich weiter auf den Vater, der jetzt barhäuptig war und mit jeder Hand eine rundliche kleine Wade von Christian umklammerte.

Der stützte sich auf das etwas gelichtete Haupt

des Vaters, und sein auffallend großer Kopf wackelte im Takt der Schritte hin und her.

Auf die genaue Stunde kam es nicht an. Es war die Stunde des Sonnenuntergangs, die Stunde, zu der man sich endlich hinsetzen und essen und trinken würde. Emile hatte schon vor einer halben Stunde gesagt:

»Ich hab Durst!«

»In Pouilly bekommst du zu trinken.«

Er hatte immer Durst, und die Eltern wollten sich nie aufhalten, um etwas zu trinken.

Es war nicht nur die Stunde der Abendröte, des Hungrig- und Durstigseins, sondern auch die Stunde, in der man sich schwindlig fühlt, in der die Füße über den staubigen Weg stolpern und man einen unangenehmen Geschmack im Mund hat. Wenn Mutter aufrichtig gewesen wäre, hätte sogar sie zugegeben, daß sie nicht mehr weiter konnte.

Nur hätte das nichts genützt. Vaters lange Gestalt, der ein riesenhafter Schatten vorauslief, marschierte mit Christian auf den Schultern mit Riesenschritten weiter. So konnte er stundenlang, zweifellos auch tagelang marschieren, und Emile war überzeugt, daß er sich keinen Deut um die Landschaft scherte.

Er beschloß einfach, wie auch an diesem Sonntag:

»Wir gehen die Loire hinunter, von Sancerre bis Pouilly. In Pouilly übernachten wir, und morgen laufen wir dann noch ein Stück.«

Man sprach davon wie von einem Fest! Aber ein Fest war es nur für Vater. Morgens mußte man sich viel zu früh anziehen und rennen, um den Zug nicht zu versäumen. Dann aß man irgendwo am Ufer belegte Brote, weil die Restaurants so unverschämt teuer waren, und marschierte und marschierte – Vater mit dem ekstatischen Ausdruck, mit dem in die Ferne gerichteten Blick eines Menschen, der überirdische Harmonien vernimmt, als führte er die Seinen in die Gefilde der Glückseligkeit.

»Du gehst zu schnell, Papa. Emile ist außer Atem.«

In Wirklichkeit war Mutter außer Atem.

Doch jetzt näherte man sich dem Ziel – endlich! Häuser, zur Linken ein richtiger Quai, eine vielbogige Brücke, machten der Eintönigkeit der Uferauen ein Ende.

Die Überlandstraße, die Route nationale, war nicht weit, man hörte die Autos. Und jetzt ging man auf regelrechtem Pflaster.

»Willst du Christian nicht absetzen?«

Mutter hatte immer Angst, lächerlich zu wirken, doch Vater behauptete, Kinder machten niemanden lächerlich.

Er hielt am Rand der Route nationale an, die quer durch Pouilly läuft, und musterte die Hotel- und Restaurant-Terrassen.

Die Straße war blau. Die weißen Häuser waren bläulich angehaucht, doch die Markisen waren rot-weiß gestreift, eine ganz neue hatte einen schönen orangefarbenen Ton.

»Wir könnten noch im Autobus nach Hause fahren«, seufzte Mama.

Das Hotel ist so teuer!

Doch das ging nicht. Es war Pfingsten, und man hatte einen zweitägigen Ausflug beschlossen.

Vor einem kleinen Hotel standen grüne Kübel mit Lorbeerbäumchen und eine grüngestrichene Bank. Es war nicht allzu modern, es paßte zum Stil der Familie. Vater betrat das Trottoir, setzte Christian auf die Bank ab und ließ sich selbst mit einem mächtigen »Ha!« nieder.

Ein »Ha!« der Befriedigung, das »Ha!« eines Mannes, der seine Pflicht erfüllt, sein Ziel erreicht hat und den kein Hintergedanke bedrängen darf.

»Frag erst nach dem Preis!«

Ja doch! Ja doch! Inzwischen nahm die ganze Familie auf der halbrunden Bank Platz. Man sah die Autos vorbeirasen. Sie hupten, bevor sie in die Kurve einbogen.

»Zwei Grenadines«, sagte Vater zu dem Mädchen mit der weißen Schürze. »Und du, Mama?«

»Nichts, danke. Wir essen ja gleich.«

»Also zwei Grenadines und – warten Sie – ja, einen kleinen Pernod.«

Ein kurzer Blick auf die Mutter, um sie um Verzeihung zu bitten. Aber es war Pfingsten, und er hatte Christian über vier Kilometer lang auf den Schultern getragen.

Alles weitere verwirrte sich. Emile war nicht richtig schläfrig, aber sein Kopf glühte, die Augen prickelten vom Staub, und trotz der Grenadine blieb ein unbestimmter Geschmack im Mund, der Geschmack nach den Sommersonntagen, an denen man endlos durch eine unbewegliche Landschaft wanderte.

Vater verschwand im Haus und kam wieder, um mit Mama zu sprechen, natürlich über den Preis. Und natürlich aß man nicht das Menü von der Speisekarte, sondern Suppe und dann ein Gemüse.

Drinnen im Restaurant sah man einige Leute, eine geblümte Tapete, Spiegel, Reklamen, eine altmodische Wanduhr. Alle Tische waren gedeckt, in den Gläsern steckten fächerförmig gefaltete Servietten.

Das Mädchen, das sie bediente, war sehr jung, und Emile merkte nichts. Oder doch! Später, jahrelang nachher, glaubte er sich zu erinnern, daß die Mutter zweimal die Achseln gezuckt hatte.

Vater war lustig, vielleicht gar zu lustig, er war es nicht gewöhnt, einen Aperitif zu nehmen. Er sah sich begierig um, als wollte er ja nichts von den Festfreuden versäumen.

»Wie weit willst du morgen gehen?«

»Das hängt davon ab... Zehn, zwölf Kilometer können wir auf jeden Fall schaffen.«

Eine Einzelheit, die für Emile bedeutsam war, aber nur für ihn. Er sah, wie eine Tür sich einen Spalt weit öffnete, und jemand schaute in den Speisesaal, ein weißgekleideter Koch in einer hohen Kochmütze. Es war das erstemal, daß der Junge etwas aß, was ein richtiger Chef gekocht hatte, zumindest daß er sich dessen bewußt war.

»Soll ich nicht die Kinder zu Bett bringen?«

Emile murrte, aus Prinzip. Er murrte immer, wenn er ins Bett sollte. Nichtsdestoweniger stolperte er vor Müdigkeit, als sie die Treppe hinaufgingen, eine blankgewichste Treppe mit einem roten Läufer in der Mitte, der auf jeder Stufe von einer Messingstange festgehalten wurde. Es war ein altes Haus, ein alter Korridor mit roten Fliesen, alte Zimmer. Das Fenster zur Straße stand offen. Mutter schloß es, so daß sie alle drei von der Straße isoliert waren.

Emile lag mit seinem Bruder in einem Bett, obwohl es noch nicht ganz dunkel war. Er flennte:

»Mach das Fenster auf!«

Die Mutter gab nach. Aufs neue durchquerten die Autos den Raum, und Stimmen ertönten, erstaunlich deutlich, wie so manchmal an Sommerabenden.

»Ich gehe noch einen Augenblick hinunter. Ihr werdet brav sein, nicht wahr?«

Das Zimmer war schon voll Schlaf, und die Tür schloß sich lautlos.

Was nun folgte, war ein inniges Gemisch von Wirklichkeit und Traum. Emile war sich undeutlich bewußt, daß die Stimme seines Vaters von der Terrasse heraufdrang, aber er konnte ihn nicht sehen, wie er auf der Bank saß, während das hübsche kleine Serviermädchen ihm seinen Kaffee einschenkte.

Mutter ging gerade in diesem Augenblick hinunter. Sie suchte ihn zuerst im Speisesaal und erschien dann in der Tür.

»Ach, hier bist du«, sagte sie.

»Es ist so mild draußen... Nimmst du einen Kaffee?«

»Danke.«

»Die Kinder schlafen?«

Die kleine Kellnerin ging hinein. Jemand rief nach ihr:

»Rose!«

Rose hieß sie also. Mama setzte sich neben Papa auf die Bank, und beide saßen noch etwa eine

Stunde da, während es völlig dunkel wurde. Die Autos jagten unentwegt vorbei, und manchmal hatte Emile das beängstigende Gefühl, daß sie durchs offene Fenster hereinkamen und geradewegs auf sein Bett losfuhren.

Ein Lichtschein weckte ihn. Mutter war ins Nebenzimmer gekommen und zog sich aus. Die Tür stand einen Spalt offen.

»Durst...« murmelte Emile, um sie herbeizulocken.

»Schläfst du noch nicht?«

»Durst...«

Christian lag mit hochrot glühendem Gesicht neben ihm.

»Trink nicht zu schnell.«

»Wo ist Papa?«

»Er kommt gleich.«

»Was macht er?«

Er spürte, daß etwas nicht stimmte, achtete aber nicht darauf.

»Er spielt Karten.«

Das hatte sich ganz einfach ergeben. Gerade als Maurice Arbelet mit seiner Frau hinaufgehen wollte, um sich schlafen zu legen, war jemand in der Tür erschienen – ein dicker, fröhlicher, sympathischer Mann, der gut zu Abend gegessen hatte.

»Pardon, Monsieur – Verzeihung, Madame –

hätten Sie vielleicht zufällig Lust, den Vierten zu machen?«

Dann kam der Blick, den Vater bei solchen Gelegenheiten der Mutter zuwarf, ein unterwürfiger, netter Blick, der bewirkte, daß Mama die Achseln zuckte.

»Wenn es dir Spaß macht...«

»Also, dann bis zu tausend Punkten! Keinesfalls mehr!«

Jetzt lag Madame Arbelet im Bett, und man hörte nicht mehr soviele Autos vorbeifahren, hingegen vernahm man im Haus ab und zu Gläser und Flaschen klingen und Stimmengemurmel.

Arbelet war ein klein bißchen fiebrig, das kam vom schlechten Gewissen. Er hätte oben, bei seiner Frau sein sollen. Und er hätte nicht das Gläschen Marc trinken sollen, zu dem seine Partner ihn nötigten.

Das waren entweder Junggesellen oder Leute, die sich nicht um ihre Familie scherten. Sie waren es gewöhnt, im Café zu sitzen, zu trinken, Karten zu spielen und die Kellnerinnen zu beäugen.

»Ich teile und spiele aus. Treffkönig. Bitte, Monsieur...«

Der Saal war leer, sie waren die einzigen Gäste. Es war ein stiller, etwas altmodischer Kaffeehaussaal, neben dem Restaurant. Der Wirt, der noch immer seine Kochmütze trug, stand hinter dem dicken Herrn, mit dem er bekannt zu sein schien und sah seinem Spiel zu.

»Ich spiele sehr selten«, murmelte Arbelet, um sich für einen Fehler zu entschuldigen.

Durch die halboffene Tür des Restaurants sah man Rose die Tische abdecken. Sie war sicher nicht älter als sechzehn.

Emile schlief. Christian schlief. Madame Arbelet lag mit offenen Augen da und wartete. Ein matter Lichtschein, der von draußen kam, erfüllte das Zimmer.

Man spielte noch weitere tausend Punkte und dann *la belle* mit fünfzehnhundert Punkten. Zum Schluß saß der Wirt rittlings auf einem Stuhl hinter Arbelet.

Sie hatten schon zwei Runden steigen lassen, als der Wirt auf eine dritte einlud. Das konnte man unmöglich ablehnen.

»Hundertfünfzig von neun!« verkündete Arbelet.

Einen Augenblick vorher war Rose gekommen, um zu fragen: »Kann ich jetzt hinaufgehen?«

Und Arbelet hatte den Eindruck, daß der Wirt ihr unmerklich zuzwinkerte. Der Gedanke, daß dieser Mann nachher vielleicht die Kleine in ihrer Kammer besuchen würde, verwirrte und erregte ihn. Er konnte es nicht verhindern, daß er die ganze Zeit daran dachte und sehr deutliche Bilder heraufbeschwor.

»Haben Sie keinen Trumpf mehr?«

»Verzeihung. Ich habe die Zehn... Entschuldigen Sie bitte.«

Die Lampen waren fast alle ausgelöscht. Nur zwei brannten noch über dem Tisch der Spieler.

»Da! – Sie haben gewonnen!«

Als er lachte, wurde ihm klar, was mit ihm los war, denn dieses Lachen kannte er an sich.

»Daß die Frau nur nichts merkt!« dachte er.

Er stieg, ans Geländer geklammert, die Treppe hinauf und nahm sich zusammen, um sich nicht in der Zimmertür zu irren, was ihm auch gelang. Dafür stieß er einen Stuhl um und wäre um ein Haar selbst hingefallen.

»Warum machst du kein Licht?« fragte eine Stimme vom Bett her.

Er begriff, daß seine Frau noch nicht geschlafen hatte, daß sie hellwach mit offenen Augen dalag und ganz ruhig war.

»Wegen der Kinder...«

»Du weißt doch, daß sie nicht aufwachen.«

Er vollbrachte Kunststücke, damit seine Frau sein Gesicht nicht zu sehen bekäme, sonst hätte sie es sofort erraten, aber sie hatte es schon bei seinem geräuschvollen Eintritt gemerkt. Sie fragte, übrigens ohne jeden Vorwurf:

»Was hast du denn getrunken?«

»Ein Gläschen Marc... Der Patron...«

Er legte sich ins Bett, murmelte Gute Nacht, streifte mit den Lippen über eine Wange und merkte kaum, daß er vergessen hatte, das Licht zu löschen, und daß seine Frau aufstehen mußte, um es zu besorgen.

Dann kam ein Loch – ein Loch, in dem es von unangenehmen Empfindungen, formlosen Träumen wimmelte. Zwei-, dreimal schien es ihm, daß seine Frau sich über ihn neigte und ihn zwang, sich wieder auf die rechte Seite zu drehen.

Dann fuhr er mit einem Ruck auf und fand sich im Bett sitzend und gleich darauf auf dem Teppich vor dem Bett stehend.

»Was hast du?«

Sprechen konnte er nicht, das wäre gefährlich gewesen, darum deutete er seine Übelkeit durch eine Geste an. Er fuhr in Hose und Jacke und stürzte auf den Gang hinaus. Er suchte nach einer Tür, die die gewünschte Bezeichnung trug, entdeckte aber keine und stieg in der Finsternis ins Erdgeschoß hinunter.

Da hörte er eine Art Grunzen, und im nächsten Augenblick stieß er an etwas an – es war ein Pantoffel, in dem ein Fuß steckte, und das ganze hing merkwürdigerweise in der Höhe seines Bauchs in der Luft.

Er begriff nichts. Etwas rührte sich, eine Glühbirne leuchtete auf, und jetzt erkannte er, daß ein

Mann auf dem Kanapee im Gang lag und die Beine über die Armlehne streckte.

»... s'los?«

Ob der Mann ihn verstand? Jedenfalls wies er auf eine Tür hinten im Gang, die in den Hof hinausführte. Im spärlichen Licht einer schwachen Glühbirne war alles grau und schäbig.

»Ich...«

Doch es war zu spät, Arbelet erreichte die Tür nicht mehr. Er erbrach sich auf die Fliesen des Ganges, voller Angst, daß seine Frau es oben hören könnte.

Nun da er angefangen hatte und man ohnehin saubermachen mußte, konnte er ja gleich hier fertigmachen! Zwischen zwei Rülpsern empfand er das Bedürfnis, sich durch ein vages Lächeln zu entschuldigen. Er murmelte:

»Ich weiß nicht, was ich habe...«

Er hielt sich an dem Messingknauf des Treppengeländers fest. Hier hinten war es dunkel. Das andere Ende des Ganges war schwach erhellt, und dort sah man das verschossene rötliche Lederkanapee, das dem Mann als Schlafstätte diente, und schließlich den Mann, der davorstand und übernatürlich groß schien.

Arbelet hatte ihn zweimal angesehen, ohne ihn recht zu sehen, das heißt, er hatte nichts wahrgenommen als eine massige Gestalt in einem zer-

lumpten alten Anzug und formlosen Kranken-
hauspantoffeln.

Jetzt, wo ihm besser war, wandte er sich nach
ihm um.

»Könnte ich ein Glas Wasser haben?«

Der Mann schlurfte in die dunkle Gaststube,
klapperte mit Gläsern, drehte einen Wasserhahn
auf. Dann zeigte er sich wieder im Licht, und
Arbelet sah sein Gesicht. Er erfaßte es nicht gleich,
er hatte Zeit, das Glas zu ergreifen und an die
Lippen zu setzen, ehe er heftig zusammenfuhr.

»Onkel Félix!«

Offenbar tat das Licht den verquollenen, rot-
umränderten Augen weh, denn der Mann verzog das Gesicht zu einer Grimasse, während er den
Kopf hob und den Eindringling musterte.

Dann brummte er nur: »Du bist das?« Und
während sein Neffe aus purer Verlegenheit trank,
fügte er hinzu: »Wie kommst denn du hierher?«

»Ich bin jetzt in Nevers, schon seit drei Jahren...«

»Mitsamt deiner Frau?«

Er war schläfrig. Er war riesenhaft, nicht wie
ein kräftiger Mensch, sondern wie eine aufge-
quollene Masse, von schwabbeligem Fett und un-
gesunden Säften aufgedunsen, und er schaukelte
im Stehen langsam hin und her, daß man seekrank hätte werden können.

»Und du?« fragte Arbelet unüberlegt.

»Ich?«

Als ob es sich zu fragen lohnte! Man brauchte nur das Kanapee anzusehen, das noch die Kuhle des schweren Körpers zeigte.

Hier konnte nur der Nachtwächter schlafen. Sein Bart war ein paar Tage alt, ein Dickicht von harten grauen Stoppeln, die Haare hatte er wohl selbst mit ein paar flüchtigen Schnitten der Schere zurechtgestutzt oder eher abgehackt.

»Hat keinen Sinn, Germaine was zu sagen«, murmelte er ohne große Überzeugung. »Ich will sie lieber nicht sehen.«

»Aber seit wann bist du...«

Der Mann begnügte sich mit einer gleichgültigen Geste, als wollte er sagen: »Wozu das alles? Schade um unsere Zeit.«

Er war schläfrig. Er roch nach altem Schweiß, nach ungewaschenem Menschen, und als er zu Boden sah, fiel ihm ein, daß er noch die Sauerei von seinem Neffen wegputzen mußte.

»Geh nur wieder!«

Arbelet fand nichts zu erwidern und ging langsam die Treppe hinauf. Einmal noch drehte er sich schüchtern um, dann kehrte er, völlig nüchtern, in sein Zimmer zurück.

»Ist dir besser?« fragte Germaine beunruhigt.

»Ja, jetzt ist Schluß.«

In diesem Augenblick erwachte Emile. Er sah Licht im Zimmer der Eltern, der Vater ging am hellen Rechteck der offenen Tür vorbei.

»Was fehlt dir denn?«

»Nichts... Ein verdorbener Magen.«

»Hoffentlich hast du dich nicht erkältet. Warst du draußen im Hof?«

»Nein.«

»Mit wem hast du geredet?«

Arbelet zog sich aus, und der Junge hörte unwillkürlich zu.

»Mit niemandem – das heißt, mit dem Nachtwächter.«

»Du bist so komisch...«

»Ich?«

»Nicht so laut. Du weckst die Kinder.«

Dann begannen sie zu flüstern, aber merkwürdigerweise verstand Emile sie besser, als wenn sie mit halblauter Stimme sprachen.

»...es ist besser, wenn du ihn nicht siehst...«

»Wen?«

»Deinen Onkel Félix... Er schläft unten im Gang.«

»Als Nachtwächter? Was hat er dir gesagt?«

»Ach – nichts.«

Sie hatten das Licht ausgelöscht, aber das Zimmer war vom matten Widerschein einer Straßenlaterne erhellt.

»Weiß er, daß ich hier bin?«

»Ja.«

»Und er wollte mich nicht sehen?«

Es gab lange Pausen, in denen man nur Christians regelmäßige Atemzüge hörte.

»Es war mir so peinlich. Und jetzt fällt mir etwas ein! Er – das ist wirklich…«

»Was denn?«

»Er muß jetzt… Weißt du, Germaine, ich bin nicht mehr bis in den Hof gekommen – verstehst du… Es ist noch im Gang passiert. Und dein Onkel Félix muß jetzt…«

Eine Bewegung. Das Bett knarrte. »Ich gehe hinunter!«

»Sag, Maurice… Hast du Geld bei dir?«

»Dreihundert Francs ungefähr.«

»In meiner Tasche sind zweihundert – dort auf dem Kamin.«

Emile erkannte das charakteristische Zuschnappen der Handtasche. Dann schlief er ein, ohne es zu merken, und als er die Augen aufschlug, drang der Autolärm mit der Morgensonne durch das weitoffene Fenster ins Zimmer.

2

Die Begegnung mit Arbelet hatte für Félix nichts am üblichen Verlauf der Nacht noch an seiner Laune geändert. Er hatte Besen und Putzlumpen aus dem Schrank geholt und ohne übermäßige Eile den Fußboden gesäubert. Dabei brummte er:

»Eine Scheiße ist das!«

Doch damit meinte er nicht seine augenblickliche Tätigkeit. Er dachte weder an seinen Neffen noch sonst an etwas Bestimmtes.

Wenn er mit sich allein sprach, was ihm oft passierte, wobei er einen Satzfetzen oder ein einzelnes Wort bis zur Unkenntlichkeit wiederkäute, meinte Félix niemals einen bestimmten Menschen oder eine bestimmte Sache. Er sagte ganz allgemein:

»Eine Scheiße ist das!«

Um ihn zu verstehen, hätte man in seiner Haut stecken müssen, erlebt haben, was er erlebt hatte, Nachtwächter sein, krank und angefault in jeder Faser seines Körpers, stinken, daß man es selber merkte, sich beim Schlafenlegen jedesmal fragen, ob das alte Gerippe morgen früh noch imstande sein würde, sich wieder zu erheben.

»Eine Scheiße ist das!«

Kein bestimmter Mensch. Vielleicht nicht einmal die Menschen im allgemeinen. Aber zum Beispiel er selber! Er, Félix, und alles, was ihm zustieß. Das Leben! Oder das Schicksal! Oder auch...

Oft, fast jede Nacht, besonders wenn die Geschäftsreisenden ihn aus dem ersten Schlaf rissen, schimpfte er auch:

»Ich bring noch einmal einen um!«

Der Wirt hatte es mehrmals gehört, Thérèse auch und sogar die kleine Rose. Er machte kein Geheimnis daraus. Er meinte es auch nicht scherzhaft. Er brummte es vor sich hin, während er seine Arbeit tat, und war ganz überzeugt, daß es eines Tages so kommen würde.

Unterdessen putzte er den Fußboden sauber und ging dann ins Café, um auf der Wanduhr, die er mit seiner Taschenlampe beleuchtete, nach der Zeit zu sehen.

Zehn Minuten vor eins. Sogar das Zifferblatt einer Uhr, zwei Zeiger in einem bestimmten Winkel zueinander, hatte für ihn nicht den gleichen Sinn wie für die anderen.

Zehn Minuten vor eins, das bedeutete, daß es

sich nicht mehr lohnte, sich nochmals auf das rötlichbraune Kanapee im Gang zu legen. Ein neuer Abschnitt der Nacht begann, denn jetzt bestand keine Gefahr mehr, daß Gäste eintreffen würden.

Immerhin ließ Félix für diesen ganz unwahrscheinlichen Fall die Hintertür, die auf den Hof ging, offen. Jedesmal wenn er sie aufmachte, traf ihn der gleiche feuchtkalte Lufthauch und dort rechts, wo der Hund sich in der Hundehütte rührte, war ein leises Kettenrasseln zu hören.

Félix zündete seine Pfeife an. Wenn er sich umdrehte, erblickte er manchmal ein beleuchtetes Fenster: ein Gast, der nicht schlafen konnte.

Das war nicht seine Sache. Er ging durch den Hof bis zum einstigen Pferdestall, aus dem man eine Garage gemacht hatte. Neben der Tür fand er die alten Gummistiefel, die er mit Luftschlauchstücken zusammengeflickt hatte. Er drehte den Schalter, und eine klägliche Glühbirne, fünfundzwanzig Watt, glomm in dem verschwommenen Grau auf.

Der Hund hatte sich wieder in seiner Hütte hingelegt. Félix bewegte sich sehr langsam, erstens weil es keinen Zweck hatte, sich zu beeilen, und dann weil ihm mehr oder weniger alles wehtat.

Er näherte sich den dunklen Massen, die sich von dem Halbdunkel abhoben. Das waren die

Autos der Gäste, meistens Serienwagen, doch manchmal war auch ein Luxusmodell darunter.

Das weitere hing davon ab, wieviele er zu waschen hatte, eins, zwei oder drei. Das Wasser war eisig, auch im Sommer. Es gab einen alten Gartenschlauch, aber der Wasserstrahl war nicht stark genug, um den eingetrockneten Schmutz von der Karosserie und besonders von den Rädern wegzuschwemmen.

»Ich bring noch einmal einen um!«

Das sagte er, während er wusch. Manchmal irrte er sich auch und sagte:

»Ich bring noch einmal eine um!«

Und wenn man es genau bedachte, so konnte er damit eigentlich keine Frau meinen, sondern eine dieser Bestien, denn für ihn waren die Autos drekkige Bestien, mit ihren heimtückischen Schmutzwinkeln, mit ihren blanken Flächen, auf denen der Schwamm Streifen hinterläßt, wenn man nicht oft genug nachspült – dreckige Bestien mit ihren harten, messerscharfen Kanten, die extra dazu da sind, einem die Haut abzuschinden.

Die Zigarettenkippen im Inneren nicht vergessen! Die Gäste ließen nie den Zündschlüssel stecken, so daß Félix die Wagen mit der Hand herumschieben mußte, wobei er das Lenkrad durch das offene Fenster drehte.

Eine Scheiße war das! Alles miteinander! Wenn

26

es nur zwei Wagen zu waschen gab, war er um vier Uhr früh fertig, gerade wenn man die ersten Lastwagen zum Markt von Nevers vorbeifahren hörte.

Félix suchte sich einen der frischgewaschenen Wagen aus, den größten, und machte es sich auf dem Rücksitz bequem. Anderthalb Stunden konnte er noch schlafen.

Unangenehm war die Geschichte für seinen Neffen, nicht für ihn. Was schon daraus hervorging, daß er kaum daran gedacht hatte, eigentlich überhaupt nicht, außer einen Augenblick, um sich seine Nichte im Bett vorzustellen. Und das war ganz mechanisch.

Jetzt war es hell, und der Hofhund zerrte an seiner Kette. Félix kletterte mühsam aus seinem Auto und begab sich ins Café.

Alles war auf die Minute eingeteilt. Das war noch das beste im Leben. Man muß wissen, wohin man geht und was einen an jeder Wegbiegung erwartet.

Hinter der Theke gab es einen kleinen, einflammigen Gaskocher mit einem roten Gummischlauch. Man roch das Gas eine ganze Weile lang, ehe es sich immer mit dem gleichen Puffen entzündete, und Félix füllte den Topf am Wasserhahn.

Er brauchte nicht besonders hinzuhorchen. Ein anderer hätte vermutlich überhaupt nichts vernommen, aber verdorben wie er war, entging ihm nicht der leiseste Laut. Er hätte gehört, wie am anderen Ende des Hotels eine Ratte in ihr Loch schlüpfte.

Das ging niemand etwas an, so war er eben gebaut. Und was er hörte, sah er auch – so deutlich, als wäre er dabei! Drei Zimmer weiter im ersten Stock, just über dem Kronleuchter im Speisesaal, stand jetzt der Patron auf. Der Kronleuchter vibrierte kaum. Man merkte es nur, wenn man es wußte, aber er merkte es!

Der Patron hätte keineswegs so früh aufstehen müssen. Er ging nicht auf den Markt einkaufen, Fleisch, Fisch und Gemüse wurden ihm ins Haus geliefert. Was den Kaffee betraf, den die Gäste vor acht Uhr vorgesetzt bekamen, war es der gestrige Kaffee, der auf dem Gaskocher von Félix aufgewärmt wurde.

Trotzdem stand der Patron schon auf.

Er hatte keine Lust dazu. Er war noch so schläfrig! Übrigens war er ständig schläfrig, von früh bis spät. Er war müde, hatte eine schlechte Gesichtsfarbe, dunkle Ringe um die Augen, keinen Appetit.

Doch er stand auf, ohne Lärm, um seine Frau nicht zu wecken. Er ergriff seine Hose, stopfte das

Nachthemd hinein, fuhr in seine Pantoffeln und stürmte auf den Korridor hinaus.

Und alles wegen Rose! Rose, weil sie zufällig da war, sonst wäre es halt eine andere gewesen. So war der Patron eben. Er paßte ja auch jeden Tag den Augenblick ab, in dem Thérèse in den Weinkeller ging, um hinter ihr her zu rennen – und Thérèse war alles andere als schön und hatte immer ihren fünfjährigen Bengel an den Röcken hängen.

Félix wußte alles. Alles, was im Haus vorging! Was jeder trieb und wie jeder sich wusch!

Er nahm sich gerade genug Zeit, den Kaffee hinunterzustürzen, den er sich gekocht und mit drei Stück Zucker versüßt hatte. Auch gerade genug Zeit, um zu hören oder besser: zu erraten, daß am anderen Ende des Hauses, in der Dachkammer im zweiten Stock, Thérèses Wecker läutete.

Er durchquerte den Hof und ging wieder in die Garage, wo es kaum heller war als nachts. Nur durch die offene Tür fiel ein Streifen Tageslicht ein.

Hier gab es Hühner, allerlei Werkzeug und Geräte, Kisten, Fässer, und in der Höhe eines normalen ersten Stockwerks lief eine Art Galerie, zu der man auf einer Leiter gelangte. An einer Stelle dieser Galerie bildeten Säcke und ein Stück Zeltleinwand einen Verschlag oder ein Zelt, jedenfalls verhinderten sie, daß man von unten eine eiserne Bettstatt und einen Wasserkrug sehen konnte. Dieses Interieur bildete die Behausung von Félix.

Es passierte oft, daß im Laufe des Tages Gäste in die Garage kamen, um sich ihre Angelegenheiten zu erzählen, weil sie glaubten, daß niemand sie hier hörte. Keiner kam darauf, daß der Alte genau über ihnen lag und nur den Kopf zu senken brauchte, um sie durch die Löcher in seinen Wandbehängen zu sehen!

Das war aber nicht alles. Es gab auch zwei Kisten, eine über der anderen, dort stieg Félix hinauf. Vielleicht würde er einmal von diesem wackligen Gerüst abstürzen und sich zwischen den Autos unten das Genick brechen, aber bis es dahin kam, hievte er sich jeden Morgen auf die Kisten. Von hier konnte er durch eine Dachluke hinaussehen, die gar keine richtige Dachluke war, sondern vor zweihundert oder vierhundert Jahren Gott weiß welchen Raum erhellt hatte. Behauptete nicht irgendwer, daß die Garage ehemals das Hauptgebäude gebildet hatte?

Gerade gegenüber war das Fenster von Roses Kammer, und da dieses Fenster nur auf ein Dach hinausging, besaß es keinen Vorhang. Meist stand es offen, und wenn seine Luke nicht mit Kitt abgedichtet gewesen wäre, hätte Felix nicht nur alles sehen, sondern auch hören können.

Täglich die gleiche Komödie, seit es vor drei Monaten zum erstenmal passiert war! Vorher hatte Thérèse in dieser Kammer gewohnt, und mit ihr war es ganz anders abgelaufen, weil sie Erfahrung im Laster hatte.

Als Rose ihren Dienst antrat, war Monsieur Jean, wie man den Patron nannte, in der ersten Zeit immer um sie herumgestrichen. Er lachte so komisch und erfand alle möglichen Vorwände, um mit ihr in einem Winkel allein zu sein. Das ging so weit, daß er ihr Schuhputzen beibrachte, weil diese Arbeit in der Waschküche besorgt wurde.

Dann hatte Félix ihn eines Morgens in die Kammer eintreten sehen, als die Kleine nichts als ihre Hose am Leibe hatte, und sie hatte sich das Handtuch vor die Brust gehalten.

Jetzt stellte sie sich bis zum letzten Moment schlafend. Nach fünf Minuten war alles vorbei, und der Patron ging wieder. Als hätte er das Bedürfnis, sich tüchtig durchzuschütteln, sah man ihn dann unten hin und her laufen, im Ofen herumschüren, die Fensterläden aufstoßen, auf die Straße hinaustreten, im Hof Umschau halten.

Félix blieb inzwischen noch auf seinem Posten und sah Rose zu, die sich träge ankleidete.

»Eine Sch...«

Nein, er sagte eher:

»Ich bring noch einmal einen um!«

Warum nicht: »Wenn ich einmal eine erwische...«?

Niemand wußte, daß er da war! Niemand kannte ihn! Alle, wie sie da waren, sogar Madame Fernande, die Patronne, die zwei Fenster weiter wohnte, kamen und gingen, ohne zu ahnen, daß er ihre intimsten Handlungen belauschte.

Für Madame Fernande war es noch zu früh am Morgen. Sie stand erst nach acht auf und beendete ihre Toilette nicht vor zehn. Allein für die Frisur und die Nägel brauchte sie eine Stunde.

Im Grunde hatte der Patron also drei, ohne die anderen, die gelegentlichen, zu zählen und diejenigen, die er in Nevers oder Charité besuchte.

»Was machen Sie denn da?«

Beinahe wäre er von seinem Ausguck heruntergepurzelt, nicht aus Angst, aber weil es so unerwartet kam. Aber es hatte nichts auf sich. Es war nur Thérèse, eine Person, die mit ihren vierundzwanzig Jahren schon ganz abgelebt und verblüht war. Sie war schmutzig und bösartig. Übrigens hatte sie einen Mann, einen Polen, der im Steinbruch von Tracy, fünfzehn Kilometer weit entfernt, arbeitete und sie nur besuchte, wenn er besoffen war.

»Lassen Sie mich's auch sehen, Sie altes Schwein.«

Ohne abzuwarten, daß er ihr den Platz überließ, schwang sie sich zu ihm hinauf und besah sich die Szene.

»Na ja...«

Der Patron war noch in Roses Kammer, und Thérèse bemerkte:

»Wenn man denkt, daß er den ganzen Tag drauf scharf ist! Aber was wollte ich eigentlich? Ach ja, Nummer Drei reist ab, Sie sollen den Wagen auftanken.«

Minute um Minute, Schritt für Schritt, Feld um Feld setzte sich das Haus in Bewegung, die Räder griffen ineinander.

Die schon hochstehende Sonne brannte heiß. Sie verscheuchte den leichten Dunst über der Loire und trocknete die Straße, wo die Nacht große feuchte Flecken hinterlassen hatte.

»Hast du Frühstück bestellt?«

Maurice Arbelet war fast fertig. Er stand am offenen Fenster, während seine Frau Christian ankleidete, der wie jeden Morgen eine halbe Stunde brauchte, um richtig wachzuwerden.

»Glaubst du, man muß das Frühstück hier nehmen?«

Wieder eine Geldfrage! Emile beeilte sich zu erklären:

»Ich hab Hunger!«

Seine Mutter sagte:

»Wir werden beim Bäcker gute, frische Croissants kaufen und unterwegs frühstücken.«

Warum sollte man auch sechs Francs für ein Frühstück bezahlen, das aus Kaffee und zwei Croissants bestand?

»Meinst du, daß die Kinder nicht zu müde sind, um zu Fuß weiterzugehen?«

Müde war Arbelet, aber das traute er sich nicht zu sagen. Ihm war flau zumute, der Kopf tat ihm ein bißchen weh.

Man hörte, wie Thérèse die Café-Terrasse in Ordnung brachte und ein paar Eimer Wasser über das Pflaster schüttete. Vor irgendeiner Haustür redeten Leute mit erhobener Stimme. Der Tag war noch fast neu.

»Laufen wir erst einmal ein paar Kilometer. Den Autobus können wir dann überall nehmen, dazu ist immer noch Zeit.«

Mama trocknete die Zahnbürsten ab, packte die Seife in ein Stück Papier, rollte ein Handtuch zusammen und verstaute alles in der großen Handtasche, die für diese Ausflüge diente.

Sie vergaß zuerst den Kamm, dachte aber noch rechtzeitig daran. Arbelet sagte:

»Ich gehe inzwischen hinunter.«

Emile rief natürlich gleich: »Ich auch!«

»Nein, bleib bei mir«, befahl Mama, die an den Onkel Félix dachte.

Und ihr Mann, der gleichfalls an ihn dachte, warf ihr einen verständnisvollen Blick zu.

Sollte man mit dem Onkel reden oder lieber nicht? Auf jeden Fall durften die Kinder nicht erfahren, daß ein Familienmitglied auf der Stufenleiter der Lebewesen so tief gesunken war.

Die erste Person, der Arbelet beim Hinuntergehen begegnete, war Rose, die nach Seife roch und es sehr eilig hatte.

»Pardon, Monsieur…«

»Aber bitte!«

Sie setzte in großen Sprüngen die Treppe hinunter. Sie war sicher kaum sechzehn!

»Schnell Frühstück für Sechs und Sieben!« rief ihr der Wirt entgegen, als sie das Café betrat.

Nummer Sechs und Sieben, das war die Familie Arbelet, und Maurice griff ein.

»Bemühen Sie sich nicht… Wir nehmen kein Frühstück.«

»Keinen Kaffee?«

»Nein, nicht so früh am Morgen, danke…«

Arbelet spürte, daß er rot wurde, wie immer, wenn es um Geld ging, und ärgerte sich darüber.

»Machen Sie mir bitte die Rechnung.«

»Das ist schnell geschehen. Vierzig und dreißig – siebzig Francs.«

Das war natürlich mehr, als Arbelet gerechnet hatte. Es war immer mehr!

»Und dann noch die Getränke gestern abend. Sie hatten eine Runde, nicht wahr? Dazu ein Glas Marc, zwei Grenadines, einen Aperitif…«

Mama kam soeben die Treppe herunter, und Arbelet beeilte sich zu zahlen, um den Wirt zum Schweigen zu bringen.

Er hörte, daß man im Hof die Benzinpumpe betätigte, wußte aber nicht, daß es Onkel Félix war. Ein Gast trat ein, einer von den gestrigen Spielern. Am Ende würde der auch noch von den Runden anfangen!

»Wir gehen voraus«, verkündete Mama.

In diesem Moment hieß das: »Ich gehe mit den Kindern zum Bäcker, Croissants kaufen.«

»Gut, ich zahle nur noch und komme gleich nach.«

Er hatte Lust auf eine Tasse Kaffee. Es war lächerlich, so große Lust auf Kaffee zu haben und daraus eine Gewissensfrage zu machen, aber so war es. Er winkte Rose herbei und fühlte sich schon schuldig, weil er sie auf eine bestimmte Art ansah.

»Mademoiselle! Bitte, bringen Sie mir eine Tasse Kaffee!«

Er sah, wie seine Familie, Mama mit einem Kind an jeder Hand, die Straße überquerte. Man hätte meinen können, daß die Natur schon schwitzte, die Stadt roch nach Sommer, und als Rose sich bückte, um den Kaffee hinzustellen, ertappte er sich dabei, daß er tief atmete, um ihren persönlichen Geruch aus allen anderen Morgengerüchen heraus zu erkennen.

»Mit Schnaps?«

Er verstand nicht sofort.

»Nein, danke. Nur ein Stück Zucker.«

Warum spähte er durch die offenen Türen? Warum hatte er kein reines Gewissen? Doch sicher nicht des Onkels wegen! Und doch sicher nicht wegen der Partie Belotte und der drei Gläschen!

Er konnte in die Küche sehen und in einem Winkel eine unmäßig dicke alte Frau, die Gemüse rüstete. Draußen wischte Thérèse tiefgebückt den Randstein mit einem feuchten Tuch auf, und ihr Kleid schob sich hoch über die nackten Beine hinauf.

Hinter der Theke betrachtete der Wirt träumerisch eine Menükarte, die er noch nicht ausgefüllt hatte, und Arbelet staunte plötzlich, daß er nicht zweiunddreißig Jahre alt war.

Warum staunte er? Was war an diesem Haus so merkwürdig? Inwiefern war das Los des Wirtes vom Weißen Roß beneidenswerter als das eines beliebigen anderen Menschen?

»Rose! Sieh nach, wieviele Hühner noch im Kühlschrank sind.«

Die Arbelets hatten keinen Kühlschrank, gedachten aber einen zu kaufen. Huhn aßen sie nur selten. In ihrem Haus gab es keine offenen Türen, keine allen Überraschungen offenen Türen, keinen Hof, in dem ein Automobilmotor summte, keine Autostraße vor der Tür, keinen Fleischer gegenüber, keine Lorbeerbäumchen in grünen Kübeln... Keine...

Er gab zehn Francs Trinkgeld, mit schlechtem Gewissen, denn er hätte es seiner Frau nicht zu sagen gewagt. Er hörte, wie etwa hundert Schritt weiter entfernt die Ladenglocke der Bäckerei anschlug, in die seine Familie soeben eintrat.

Beschämt stürzte er seinen Kaffee hinunter. Er wäre gern noch geblieben, ohne besonderen Grund, aber er riß sich aus dem Weißen Roß los und lief mit großen Schritten vor der Bäckerei auf und ab. Die Bäckerin versenkte die Hand in das Glasgefäß mit den roten und grünen Bonbons, die Christian wohl verlangt hatte.

Mama zählte das Geld sorgsam Stück für Stück auf die Marmorplatte. Arbelet hörte sie beim Hinausgehen sagen:

»Nicht auf der Straße. Das gehört sich nicht.«

Man mußte mit den Croissants warten, bis man im Freien war. Eins war jetzt schon sicher: Sie würden alle Durst haben. Besonders Emile, der ständig durstig war.

»Im nächsten Dorf«, verhieß Mama.

Und der Junge würde alle hundert Schritt fragen: »Kommt das nächste Dorf bald?«

»Schau nur immer geradeaus, dann geht's schneller.«

War es der Gedanke an die vertraute Mahnung, daß Arbelet nicht länger seinem Wunsch zurückzublicken widerstand?

Fühlte er sich dermaßen schuldig, daß er sich verpflichtet glaubte, zu sagen:

»Ich habe versucht, ihm noch einmal zu begegnen.«

»Hast du ihn gesehen?«

»Nein... Weißt du, wir müßten wirklich etwas für ihn tun.«

»Meinst du nicht, daß wir schon genug getan haben?«

Christian mit dem großgewachsenen Kopf auf dem rundlichen Körperchen stolperte schon bei jedem Schritt, weil er zu weit nach vorne sah, über die sichtbaren Dinge hinaus. Emile stieß einen Stein mit dem Fuß vor sich her und wunderte sich, daß man ihn noch nicht ermahnt hatte, seine Schuhe nicht abzunützen.

»Man kann ihn doch nicht in dieser Situation lassen«, sagte der Vater.

»Wer ist schuld daran?« erwiderte die Mutter, und da Emile den Kopf hob, fügte sie hastig hinzu:

»Sprechen wir jetzt nicht davon.«

»Wer ist das, Mama?«

»Wer?«

»Der Mann in der Situation?«

Sie verließen die Straße und bogen rechts in einen Feldweg ein, der zur Loire hinunterführte.

»Gib ihnen die Croissants.«

Auf den Brennesseln am Wegrand lag noch Tau, und in dem eingetrockneten Schlamm des Weges waren die Hufspuren einer Kuhherde zu erkennen.

Die Mutter seufzte wie immer: »Wie das duftet!«

Arbelet hätte gern noch einmal zurückgeblickt. Er war traurig. Nein, verdrießlich. Beides. Und vielleicht irgendwie beunruhigt...

Madame Fernande, die Wirtin vom Weißen Roß, eine schöne dreißigjährige Frau mit vollen, weichen Formen und einem regelmäßigen, sanften Gesicht, öffnete ihr Fenster der Morgensonne, und Millionen winziger Stäubchen entschlüpften dem Bett, um in die leuchtende Natur hinauszuschweben.

Einige Meter weiter gab es das Garagendach mit

den alten Ziegeln und in diesem Dach eine grüne Luke, an die niemand je gedacht hatte.

Erst gegen zehn Uhr, als Madame Fernande zur Kasse hinunterging, konnte sich der alte Félix auf seinem Eisenbett ausstrecken und sich, gleichgültig gegen den Lärm und gegen die Bilder des Hauses, in den schweren Schlaf eines kranken Tieres versenken.

»Ißt du es nicht mehr?« fragte Madame Arbelet, auf das letzte Croissant zeigend, ihren Mann.

Sie teilte es zwischen den beiden Kindern auf.

3

Man erfuhr sozusagen nichts. Gab es denn wirklich etwas zu erfahren? Hie und da schnappte man ein paar Brocken auf, Brocken von Ereignissen, die noch keine waren, aber doch zweifellos der Zukunft angehörten.

Fäden verknüpften sich – das war es. Nein, auch das nicht. Sie vermengten sich miteinander, die Fäden von mehreren Schicksalen, drei oder auch vier, mehr vielleicht, ohne Gewähr, daß es zu einem Knoten kommen würde.

Es fing mit der alten Nine an. Sie saß in der Küche, in einem Winkel am Fenster, von dem sie sich von früh bis abend nicht wegrührte. Ihrer Gewohnheit gemäß, häuften sich die Kartoffelschalen auf der blauen Schürze in ihrem Schoß an, ein Eimer mit Wasser, der zwischen ihren Filzpantoffeln stand, wartete auf die Kartoffeln. Wie auf den Bildern der alten Niederländer, erhellte das schräg einfallende Tageslicht nur ihre Gestalt, während die übrige Küche im Halbdunkel blieb.

Wer war zu dieser Zeit anwesend, und wieviel Uhr war es überhaupt? Jedenfalls war es Donnerstag, denn Thérèses Gör war nicht in der Schule. Er lungerte im Hof herum und überlegte, welchen Unfug er wohl anstellen könnte.

Es war noch nicht zehn. Die Luft im Hof war bewegungslos, sie schien zu kleben. Die Benzinpumpe, die im prallen Sonnenlicht stand, leuchtete blutrot. Nines Kartoffeln plumpsten Stück für Stück in den Eimer und ließen das Wasser aufspritzen.

»Was war denn heut früh los?«

Thérèse war mit irgendeiner schmutzigen Arbeit beschäftigt, sie hatte die Ärmel aufgestreift und schwarze Flecken im Gesicht. Der Wirt war auch da, er holte Lebensmittel aus dem Kühlschrank.

Wenn Nine sprach, wandte sie sich nie an eine bestimmte Person und schien auch keine Antwort zu erwarten. Sie leierte mit unbewegtem Gesicht ihren Satz herunter, um eine Idee loszuwerden, die ihr im Kopf herumging. Wenn die Idee draußen war, kümmerte sie sich nicht mehr darum. Es war ihr egal, ob jemand sie aufgriff.

»Das junge Ehepaar...« antwortete Thérèse übellaunig.

»Was war mit dem jungen Ehepaar los?« mischte sich der Wirt mißtrauisch ein.

Es war nichts, weniger als nichts. Nine, die seit vierzig Jahren immer in dem gleichen Winkel saß, wo die Wassersucht sie langsam aufgebläht hatte, hatte zweifellos das Recht, alle Stunden einmal einen Satz vor sich hin zu sprechen, und Thérèse hatte das Recht zu antworten. Und der Patron hatte das Recht, der Sache nachzufragen!

»Sie haben sich um vier Uhr wecken lassen, um fischen zu gehen«, brummte Thérèse.

Monsieur Jean warf ihr einen bösen Blick zu, denn er mochte es nicht, wenn man sich beklagte.

»Was geht dich das an? Hast du am Ende aufstehen müssen?«

»Nein, Félix...«

»Na und?«

»Gar nichts!«

Dabei war es ein so schöner Morgen, wie man ihn als Kind wunderbarerweise nur ein paarmal erlebt hat, ein Morgen, der einem als Inbegriff des Sommers in Erinnerung bleibt.

Henri, Thérèses Junge, trug eine ausgewaschene rosagewürfelte Kittelschürze. Er hielt die Hände in den Taschen und amüsierte sich damit, Kieselsteine mit der Schuhspitze herumzustoßen.

Nine hielt den Mund halbgeöffnet, als lächelte sie. Man wußte nicht recht, ob es ein ständiges Lächeln war oder eine Eigentümlichkeit ihrer Lippen. Sie glich den anderen Menschen so wenig,

daß man sich nicht erst bemühte, ihren Gesichts-
ausdruck mit dem von anderen Sterblichen zu ver-
gleichen.

Nine war eben Nine! Sie schien unveränderlich.
Hatte sie anders ausgesehen, als sie vor vierzig
Jahren, zur Zeit von Madame Fernandes Großvater, ihren Dienst antrat? Sie war schon damals
ebenso dick und schwabbelig, und das Gehen
machte ihr Mühe, darum hatte man sie auch nie
im Restaurant bedienen lassen.

Woher kam sie? Aus welchem Dorf? Niemand
wußte es, und es war auch unwichtig. Sie hatte
sich in ihren Winkel gesetzt und war dort sitzen
geblieben.

Das Merkwürdigste war, daß sie eines schönen
Tages ein Kind zur Welt gebracht hatte, ohne
daß man je einen Mann in ihrem Dasein bemerkt
hätte. Übrigens war das Kind sofort nach der Geburt gestorben.

»Na, da kommt sie ja!«

Man brauchte nicht erst zu fragen, ob Thérèse
Madame Fernande gern hatte. Es genügte, sie sagen zu hören:

»Na, da kommt sie ja!«

Das war so offenkundig, daß Monsieur Jean es
nicht durchgehen lassen konnte.

»Kannst du nicht anders reden?«

»Was hab ich denn Schlimmes gesagt?«

Der Tag fing nicht gut an. Madame Fernande war heruntergekommen, aber sie ging geradewegs zur Kasse, ohne die Küche zu betreten. Man hörte, wie sie sich bei Rose, die die Tische deckte, erkundigte:

»Ist das junge Paar noch nicht zurück?«

Wieder begegnete Monsieur Jeans Blick dem von Thérèse, und plötzlich packte ihn eine heillose Wut gegen sie, ohne besonderen Anlaß. War es ihr zerrauftes Haar und ihr ungewaschenes Aussehen? Oder weil sie sich immer wie ein Opfer gebärdete?

»Was hast du denn heut, zum Teufel!«

»Ich? Was soll ich denn haben?«

Er machte Ravioli und walkte gerade den Teig auf der hölzernen Tischplatte aus. Seine Frau rief ihn:

»Jean!«

»Moment!«

Wie durch Zufall traf sein Blick wieder mit dem der Magd zusammen. Er rollte trotzdem seinen Teig aus, wischte sich die mehligen Finger an der Schürze ab und betrat das Restaurant.

Um diese Stunde lag der Saal in voller Sonne. Wenn man aus der Küche kam, glaubte man aus dem Keller zu kommen. Die weißen Tischtücher gleißten im Licht, und durch die offene Tür sah

46

man die helle Straße, die Lorbeerbäumchen, die grüngestrichene Bank.

»Wieviel hast du herausgenommen?«

Sorgfältig frisiert, sanft und ruhig wie immer, hatte Madame Fernande die Münzen in kleinen Säulen vor sich aufgestapelt. Sie wartete, mit dem Bleistift in der Hand.

»Heut früh?« fragte Monsieur Jean, unwillkürlich mit schuldbewußtem Blick.

Denn ihr gegenüber war er immer irgendwie schuldig.

»Ja. Hat jemand einen Wechsel präsentiert?«

»Nein... Ich denke nicht... Warum fragst du?«

»Es fehlen dreihundert Francs.«

Heute war schon so ein Tag! Jean hätte sich Zeit zum Nachdenken lassen können. Stattdessen sagte er blöd:

»Ach ja! Ich habe den Fleischer bezahlt!«

»Hast du die Rechnung?«

»Nein... Er hat Geld gebraucht... Ich habe ihm dreihundert Francs gegeben.«

Flickwerk, nichts als Flickwerk! Jetzt erinnerte er sich, in aller Früh, als er gerade seinen Kaffee trank, hatte Thérèse Geld von ihm verlangt. Sie hatte ihm irgend eine wüste Geschichte erzählt – auf jeden Fall hatte er ihr nichts gegeben. Er hatte andere Dinge im Kopf gehabt.

47

Jetzt mußte er mit dem Fleischer reden, damit der ihn nicht Lügen strafte.

»Hast du schon die Speisekarte geschrieben?«

»Sie hängt schon draußen.«

Früh schlief seine Frau noch, da konnte er nicht mit ihr reden. Wenn sie dann herunterkam, taten sie beide, als hätten sie einander schon gesehen.

»Also dann mach ich meine Ravioli fertig...«

Er kam nicht so bald dazu, denn als er in die Küche zurückkam, fiel ihm Thérèses Abwesenheit auf.

»Wo ist sie?« fragte er.

Nine begnügte sich mit einer Kopfbewegung in die Richtung des Fensters. Thérèse ging durch den Hof und verschwand im Weinkeller, wo sie jeden Morgen die Karaffen für die Tische im Restaurant füllte.

Sie benützte die Gelegenheit, im Vorbeigehen ihren Sohn zornig zu beuteln. Offenbar befahl sie ihm, draußen zu spielen, denn der Junge verschwand gleich darauf durch die Hoftür.

Nun durchquerte auch Monsieur Jean den Hof, und als gleich darauf Rose in die Küche kam, wunderte sie sich.

»Ist niemand da?«

Die alte Nine wies wieder mit dem Kopf auf den leeren Hof hin. Doch jetzt war er nicht mehr leer. Mit struppigem Haar und verfallenem Gesicht, wie immer nach dem Aufstehen, kam Félix aus der Garage. Anscheinend hörte er ein Geräusch aus dem Weinkeller, denn er warf einen Blick in diese Richtung und blieb lauschend stehen.

Wenn man mit Menschen zusammenlebt, bekommt man ein gewisses Gefühl für das, was vorgeht. Rose, die doch nichts wissen konnte, fragte: »Was ist denn los?«

Doch wenn Nine weiter nichts zu sagen hatte, schwieg sie. Madame Fernande an ihrer Kasse war damit beschäftigt, die Speisekarte zwanzigmal abzuschreiben, eine für jeden Tisch. Rose mußte hinaufgehen, sich eine frische Schürze umbinden und sich noch einmal waschen, um zum Servieren bereit zu sein.

Félix latschte, noch immer nach dem Weinkeller hinhörend, durch den Hof. Als er die Küchentür öffnete, vernahm man zornige Stimmen aus dem Weinkeller.

»Eine Scheiße ist das!«

Félix mußte es sagen, sonst wäre er nicht Félix gewesen. Und er machte ein angewidertes Gesicht, von der Widerlichkeit der Welt überwältigt.

Das hinderte ihn nicht daran, den Kühlschrank zu öffnen und mit seinen dreckigen Händen darin herumzuwühlen, justament! Denn er tat es mit Absicht, wenn er zum Beispiel marinierten Hering aus der Büchse fischte, sich die Finger abschleckte und wieder in die Büchse griff.

Rose hatte es ihm so oft vorgehalten, daß sie schon nichts mehr sagte. Jetzt sah sie Monsieur Jean mit wütender Miene aus dem Weinkeller hervorstürmen. Nach ein paar Schritten übermannte ihn offenbar wieder der Zorn, denn er drehte sich auf dem Absatz um und verschwand aufs neue in der halboffenen Tür. Man sah ihn im Halbdunkel des Kellers heftig gestikulieren, und dann klang es wie ein Schrei...

In diesem Moment drehten sich alle um, denn Madame Fernande erschien in der Tür zum Restaurant und fragte ruhig:

»Was gibt's?«

»Nichts, Madame.«

»Sagen Sie, Félix, was hat das junge Ehepaar heute früh zum Frühstück bekommen?«

»Milchkaffee, Brot und Butter.«

»Das war alles?«

Sie sah wohl, daß ihr Mann, jetzt endgültig, aus dem Weinkeller hervorkam und den sonnenhellen Hof durchquerte, aber sie beachtete ihn nicht und kehrte zu ihrem Platz an der Kasse zurück.

Félix aß stehend. Er pflegte nie anders zu essen, er stopfte sich die Sachen, die er aus dem Kühlschrank nahm, stehend in den Mund. Man war es so gewöhnt, daß man ihn gar nicht mehr zu den Mahlzeiten rief und nicht einmal für ihn deckte.

Als Jean in die Küche zurückkam, wollte er sich gleich wieder an seine Ravioli machen, doch instinktiv warf er zuerst einen Blick ins Restaurant – und erblickte den Fleischer, der an der Kasse stand und mit Madame Fernande plauderte.

Pech gehabt! Aber da war nichts weiter zu machen, man mußte abwarten, wie es laufen würde, und so machte er sich wieder an die Arbeit.

Um sich abzulenken, stellte er komischerweise genau die gleiche Frage an Félix wie seine Frau:

»Was hat das junge Ehepaar zum Frühstück bekommen?«

Das junge Ehepaar, das so leidenschaftlich fischte und seit vier Uhr früh irgendwo im Schilf des Loire-Ufers seine Angeln auswarf.

Äußerlich ging das Leben weiter, wie es alle Tage in den Hotels an den großen Autostraßen verlief. Man hätte vom Fach sein müssen, um etwas Außergewöhnliches zu entdecken – wenn überhaupt! Sobald die Tür sich öffnete oder ein Auto vor dem Haus hielt, veränderten die Gesichter sich automatisch, bis auf das von Madame Fernande, das stets seinen unwandelbaren ruhigen Ausdruck trug.

Sie hatte nichts mehr gesagt – weder vom Fleischer noch von den dreihundert Francs! Wenn Gäste eintraten, stand sie auf und näherte sich ihnen mit liebenswürdigem Lächeln.

»Drei Personen? Möchten Sie lieber einen Fenstertisch? Rose, drei Gedecke hierher! Wünschen Sie das Menü zu fünfundzwanzig oder zu achtzehn Francs?«

Die Luft begann nach Benzin zu riechen. In der Küche brutzelte Fett oder Butter, jedesmal wenn man eine Pfanne vom Feuer zog, schossen die Flammen auf. Monsieur Jean teilte mit hartem Blick die Portionen ein.

Rose hatte noch nicht kapiert. Sie wußte nur, daß Thérèse aus dem Weinkeller geradewegs in ihre Kammer hinaufgestürmt war, und jetzt sollte man sie holen gehen. Rose hatte durch die verschlossene Tür mit ihr gesprochen.

»Monsieur Jean läßt dir sagen, du sollst sofort hinunterkommen.«

»Er kann mich mal...«

»Es sind mindestens fünfzehn Gäste da!«

»Die können mich auch mal!«

»Mach auf!«

»Nein!«

Etwas später fragte Madame Fernande, die Rose allein bedienen sah, ohne sich aufzuregen:

»Ist Thérèse nicht da?«

»Sie kommt gleich herunter.«

Tatsächlich war sie erschienen, mit roten Augen und dickgeschminkten und gepuderten Wangen. Die Lippen waren ganz mit Schminke verschmiert, aber man sah trotz allem, daß sie einen großen blauen Fleck an der Schläfe hatte, und Rose hatte Monsieur Jean mit einer gewissen Angst angesehen.

Félix ging, gleich nachdem er gegessen hatte, um sich wieder hinzulegen, denn sein Dienst begann erst um drei Uhr. Dann mußte er den Hof spritzen.

»Zweimal Fischkroketten...«

Madame Fernande notierte die Bestellungen auf kleinen Zetteln und ließ ihren Blick aufmerksam über die Tische schweifen, wo täglich andere Unbekannte die gleichen Fischkroketten verspeisten und so ziemlich die gleichen Fragen stellten.

Durch das offene Fenster sah sie das junge Ehepaar, mit der ganzen Anglerausrüstung bepackt, heimkommen. Sie wuschen sich unter der Wasserleitung im Gang die Hände.

Nach einem Aufenthalt von wenigen Tagen fühlten sich die beiden schon ganz heimisch. Der junge Mann näherte sich der Kasse.

»Was geben Sie uns heut Gutes zu essen? Wir sind sterbenshungrig!«

»Haben Sie einen besonderen Wunsch?«

Und Madame Fernande rief: »Jean!«

»Ja?«

Während sie in Richtung Küche sprach, verlor sie die Richtung Café nicht aus den Augen, und da sie dort drinnen ein Geräusch hörte, winkte sie Thérèse herbei.

»Sehen Sie nach, wer im Café ist.«

Im nächsten Augenblick vernahm man laute Stimmen. Kurzes Schweigen, dann ging das Geschrei wieder los. Die Gäste hielten einen Moment im Essen inne und horchten hin.

Thérèse kam nicht wieder. Man hörte ein Glas zersplittern. Rose näherte sich der offenen Tür. Madame Fernande fragte mit einer Kopfbewegung, was es gäbe.

Rose flüsterte ihr zu:

»Ihr Mann ist da. Er ist wieder betrunken.«

Die Gäste aßen schon wieder. Madame Fernande rief Monsieur Jean:

»Thérèses Mann ist da.«

»Wo?«

»Im Café.«

Er eilte hin, denn das mußte sein, und machte die Tür hinter sich zu. Madame Fernande nahm wieder ihren Platz ein. Rose hastete von Tisch zu Tisch. Wieder hörte man Glas splittern, aber diesmal war es eine der großen Spiegelscheiben. Ein Mann grölte mit starkem polnischem Akzent. Dann ging die Tür auf. Jean stieß einen Betrunkenen vor sich her, der bei jedem Schritt schwankte und um ein Haar rücklings die Stufen hinuntergefallen wäre.

Ein paar Gäste lachten diskret. Das Lachen wurde lauter, als man sah, daß der Mann sich auf der gegenüberliegenden Straßenseite aufpflanzte und mit schallender Stimme unverständliche Drohungen ausstieß.

Monsieur Jean begab sich wieder in die Küche. Seine Frau fragte ihn beim Vorbeigehen leise:

»Soll ich nicht die Polizei rufen?«

»Wenn du meinst...«

Er hatte schon öfter solche Szenen gemacht, wenn auch nicht ganz so wüst. Dieser Stephan kam ungefähr alle vierzehn Tage, schon stark angesäuselt, aus seinem Steinbruch, nahm seiner Frau alles Geld ab und vertrank es dann in sämtlichen Kneipen von Pouilly, bis er sich Manns genug fühlte, wieder im Weißen Roß zu erscheinen und Lärm zu schlagen.

»Hallo! Hier Hotel Zum Weißen Roß. Ja...«

Sie sprach mit gedämpfter Stimme hinter der vorgehaltenen Hand, während sie mechanisch den Saal beaufsichtigte.

In der Küche band Monsieur Jean ein Taschentuch um seine linke Hand, die ein Glassplitter getroffen hatte, und setzte seine Arbeit fort. Thérèse, die eine Schüssel holen kam, flüsterte ihm zu:

»Ich hatte Sie gewarnt!«

Vor Nine versteckte man sich nicht. Tatsächlich versteckte man sich vor niemand, außer vor Madame Fernande.

»Der Bub hat ihm alles erzählt!«

Jean fuhr fort, Schüsseln anzurichten, Ragout auszuteilen, Beefsteaks zu schneiden.

Als wüßte er, was ihm bevorstand, begann der Pole sich allmählich zurückzuziehen, ständig rückwärts gehend, ständig Drohungen und Verwünschungen ausstoßend, bis er sich plötzlich von zwei Polizisten aufgehalten sah.

»Sie kommen jetzt mit!«

Man sah, wie sie den wild gestikulierenden Mann in die Mitte nahmen und abführten.

Die Kaffeefilter standen schon auf den Tischen, und Madame Fernande mußte von Zeit zu Zeit aufstehen und die große Flasche Marc zur Hand nehmen, denn den schenkte sie immer persönlich ein.

Der Autobus von Nevers hielt etwa dreißig Meter weit entfernt. Zwei schwarzgekleidete Bauersfrauen stiegen aus und im letzten Moment, ehe der Bus wieder anfuhr, noch ein Herr, den niemand beachtete.

Es war Maurice Arbelet, der sich diesen Nachmittag freigenommen und sehr früh zu Mittag gegessen hatte.

Man erkannte ihn nicht einmal, als er das Restaurant betrat. Nur Rose zog die Brauen zusammen, während sie nachdachte, wo sie dieses Gesicht schon gesehen hätte. Er fand einen Platz und setzte sich mit unsicherem Lächeln.

»Das Menü?«

»Nein – ich habe schon gegessen... Einen Kaffee bitte.«

Der Bengel von Thérèse war unten an der Loire und sah voller Neid einem gleichaltrigen Buben zu, der angelte und schon zwei Weißfischchen erbeutet hatte. Er stand, die Hände in den Taschen, auf seinen krummen Beinen mit den verdickten Kniegelenken da und hielt den Kopf gesenkt, was ihm sein heimtückisches Aussehen gab.

»Mademoiselle, sagen Sie bitte...«

Arbelet hatte Glück. Es war Rose, die ihn bediente, beide waren hell von der Sonne beschienen.

»Der Nachtwächter – ist der jetzt da?«

»Um die Zeit schläft er.«

»Hier im Haus?«

»Über der Garage. Soll ich ihn rufen? Moment, ich muß nur noch dort kassieren.«

Es war der Tag, an dem Madame Arbelet mit den Kindern bei ihrer Mutter zu essen pflegte.

»Du weißt doch genau, daß es keinen Sinn hat, ihm Geld zu geben«, hatte Germaine gesagt. »Ein paar Tage, dann hat er wieder nichts mehr.«

Sogar wenn die Kinder nicht in der Nähe waren und sie beide allein, sprachen sie nur mit gedämpfter Stimme von Félix.

»Ich denke nicht so sehr daran, ihm Geld zu geben...«

»Was willst du denn tun?«

»Ich weiß nicht... Mit ihm reden... Sehen, ob man ihm nicht auf andere Art helfen könnte – zum Beispiel ihn in einem Heim unterbringen. Schließlich ist er der Bruder deiner Mutter.«

Das Weiße Roß im hellen Sonnenschein, mit seinem Besteckgeklapper, seinem Kaffee- und Likörgeruch, die glatte Straße, auf der die Autos vorbeijagten, die schwarzen Kleider und schneeigen Schürzchen von Thérèse und Rose, Madame Fernande mit ihrem nachsichtigen Lächeln, die über ihre ganze kleine Welt zu wachen schien – das alles dünkte Arbelet ein paradiesischer Ort zu sein, und während er seinen Kaffee zuckerte und sich an dem Metallfilter die Finger verbrannte, hätte er am liebsten die Zeit angehalten.

Er zündete sich eine Zigarette an und fand, daß sie anders schmeckte als sonst.

Er wußte nicht, daß man auf der Polizei den Polen, den man kräftig gebeutelt hatte, lachend zur Tür hinausschob und ihm zum Abschied nachrief:

»Wenn du in einer Stunde noch in Pouilly bist,

kriegst du was anderes zu kosten und darfst heut nacht im Kittchen schlafen!«

Der Onkel erwachte, und da er an der Sonne sah, daß er noch Zeit hatte, blieb er mit offenen Augen auf seinem lumpigen Lager liegen und schnupperte seinen eigenen Altmännergestank ein.

4

Er hatte an der Kasse höflich gefragt:
»Sie gestatten, daß ich ein paar Worte mit Monsieur Drouin spreche?«

Madame Fernande hatte einen Augenblick die Stirn gerunzelt, aber nur weil der Name Drouin ihr nichts sagte, doch dann begriff sie.

»Natürlich – gehen Sie gleich hier durch die Küche. Wenn Sie in der Garage sind, müssen Sie nur rufen, aber laut. Er ist schwerhörig.«

Im Gegensatz zu Arbelets Befürchtungen interessierte sie sich nicht im mindesten dafür, was er von dem Nachtwächter wollte. In der Küchentür stieß er auf Rose, die ein Tablett trug, und suchte sich an ihr vorbeizudrücken, streifte sie aber trotzdem. In der Küche, wo nur der Wirt und die alte Nine zu sehen waren, murmelte er gewohnheitsmäßig:

»Entschuldigen Sie...«

Monsieur Jean, der gerade starken schwarzen Kaffee trank, sah ihn gleichgültig vorbeigehen, ohne auch nur zu vermuten, daß ein Gast durch seine Küche ging, um den alten Félix zu besuchen. Er war in seine eigenen Gedanken versunken und bemerkte Arbelet kaum.

»Nach der anderen Seite...« rief die alte Nine, als sie sah, daß Arbelet den Türknopf in die falsche Richtung drehte. Wahrscheinlich hielt man ihn für schüchtern oder feige, dagegen war nichts zu machen. Es stimmte nicht. Nur fühlte er sich immer befangen, wenn er in die Privatsphäre fremder Leute eindrang.

Hier war er nicht zu Hause und würde es nie sein. Er empfand deutlich, daß das Weiße Roß ein eigenes Ganzes bildete, eine Welt für sich, die sich selbst genügte, mit ihrer Sonne, ihren Freuden, ihren Gerüchen, ihren Tragödien, ihrer Sprache. Darum hatte er auf seinem Weg durch die Küche dem Wirt einen verstohlenen Blick zugeworfen, während er sich fragte, wer der Beherrscher dieses Universums wäre: der Mann in der Kochmütze oder die junge Frau, die ruhig und würdevoll hinter ihrer Kasse saß?

Er zuckte zusammen, denn der Hund fuhr mit wütendem Gebell aus seiner Hütte hervor. Zum Glück war die Kette zu kurz.

»Monsieur Drouin!« rief er laut, einen Schritt in die Garage tretend. »Monsieur Drouin!«

Niemand antwortete, er ging ein paar Schritte weiter hinein.

»Monsieur Félix! Monsieur Félix!«

Der lag mit offenen Augen dort oben auf seinem Strohsack. Das »Monsieur Drouin« hatte ihn erstaunt, umsomehr als er die Stimme seines Neffen nicht erkannte. Jetzt wartete er. Er wartete, bis der Eindringling es satt kriegte und ginge oder bis er selbst Lust bekäme, aufzustehen und hinunterzuklettern.

»Hallo! Ist niemand da?«

Félix lächelte nicht einmal, während er feststellte, daß der Eindringling seine Ruhe verlor. Seine einzige Reaktion bestand darin, daß er nach einer ganzen Weile mit der tonlosen Stimme, mit der andere Höflichkeitsfloskeln herunterleiern, sagte:

»Ich bring noch einmal einen um...«

Arbelet hörte ein unbestimmtes Geräusch. Er hob den Kopf und rief:

»Onkel! Sind Sie das?«

Von unten gesehen, war die Gestalt des Alten monströs. Da man das niedrige Lager nicht sah, begriff man nicht, woher der dunkle Klumpen kam, der sich langsam aufrichtete, und man erkannte auch nicht gleich, daß ein Stück von einer alten Decke um die Schultern des Nachtwächters baumelte. Man hatte den Eindruck, daß sich eine lebendige Masse aus einer Welt von Staub emporrang, und die krächzende Stimme des Alten ließ alles noch fremdartiger erscheinen.

»Du bist das? Was suchst du hier?«

»Ich möchte ein paar Worte mit Ihnen sprechen...«

Drouin stieg die Leiter hinunter. Nach einigem Zögern – aber dann sagte er sich, daß es ohnedies bald Zeit wäre, den Hof zu spritzen Sein Auftreten scheuchte die Hühner auf, die unter lautem Gegacker auseinanderstoben.

»Was suchst du hier?« wiederholte er.

Bei seinem Anblick kam Arbelet ein Gedanke, den Thérèse schon geäußert hatte. Ja, als er eines Morgens breitbeinig, mit hin und her baumelndem Kopf in die Küche geschlurft kam und geräuschvoll durch die Nase schniefte, statt sein Taschentuch zu gebrauchen, mit seinen verschleimten Augen und seinem verschleimten Krächzen, hatte sie ausgerufen:

»Sie tun das ja absichtlich!«

Thérèse hatte nämlich selbst einen Onkel, der seinen Stolz darein setzte, den Kindern Angst zu machen, und eine ihrer Kusinen hatte davon die Gelbsucht bekommen!

Félix war tatsächlich fest entschlossen, abstoßend zu wirken. Wenn er sich kratzte, tat er es so langsam und nachdrücklich, daß einem beim bloßen Zusehen übel wurde.

»Hören Sie, Onkel. Wir haben viel über Sie gesprochen, Germaine und ich...«

Sie standen einander gegenüber, Félix halb in der Sonne, mit einem Strohhalm in seinen Bartstoppeln, Arbelet im Schatten. Der Hund, der die Nase aus der Hütte heraussteckte, beobachtete sie, und hätte offenbar am liebsten gebellt.

»Wieso wohnt ihr denn auf einmal in Nevers?«

Arbelet hatte nichts zu verheimlichen und sich nichts vorzuwerfen. Wenn er von Orléans, wo er bei den Wasserwerken angestellt war, nach Nevers gezogen war, wo sich ihm ein gleichwertiger Platz bot, hatte er es getan, um näher bei seiner Schwiegermutter zu leben, die Witwe geworden war.

Warum wurde er jetzt verlegen und begann zu stottern?

»Wissen Sie, Onkel…«

Jeder Gendarm, der Félix unversehens auf der Straße begegnete, hätte ihn ohne weitere Umstände auf den nächsten Posten abgeführt. Nur wäre er vielleicht, Aug in Auge mit seinem Verhafteten, plötzlich der Verlegenere von beiden gewesen.

Und warum redete Monsieur Jean, der alle Welt duzte, den alten Nachtwächter, wenn er allein mit ihm war, meist mit Sie an?

Er war schmutzig und ekelhaft. Er hustete und spuckte, nur weil es ihm Spaß machte, seine Mitmenschen anzuwidern, und trotzdem wagte nie-

64

mand seinem durchbohrenden Blick standzuhalten und ihm gerade in die rotgeränderten Augen zu sehen.

»Wissen Sie, Onkel – wir dachten, daß Sie doch nicht hier bleiben können... Das ist keine Situation für Sie...«

»So? Meinst du?«

War sein Ton drohend oder ironisch? Manchmal fragte man sich, ob er nicht Komödie spielte, ob er nicht im nächsten Moment sein Ungeziefer und seinen Groll lachend von sich abtun würde wie einen falschen Bart, um mit normaler menschlicher Stimme zu rufen: »Jetzt habe ich euch aber drangekriegt!«

Aber das tat er nicht. Statt es seinem Neffen leichter zu machen, ließ er ihn höhnisch zappeln.

»In Ihrem Alter sollte man...«

»Wieso? Ich bin erst dreiundfünfzig.«

Das war auch eine Manier, die Leute in Verlegenheit zu bringen, denn er sah hinfälliger aus als ein Greis von fünfundsiebzig.

»Ja gewiß, Onkel. Aber Sie haben in den Kolonien gelebt, an Malaria gelitten...«

»Und an allem anderen Zeug. Ich wette, daß ich mindestens neun Krankheiten habe.«

Wie konnte ein einfacher, offener Geselle wie Arbelet sich gegen ihn behaupten? Was suchte er eigentlich hier, in dieser staubigen Garage, wo die

Hühner herumscharrten, in dem sonneglühenden Hof, in dem Hotel an der Route nationale, wo die Wagen pausenlos vorbeirasten?

Für die Kinder in Nevers war der Donnerstag der Tag, an dem man zur Großmama ging. Für Arbelet übrigens auch. Er hätte um fünf nachkommen und den traditionellen Kuchen zum Kaffee mitbringen sollen.

Der Alte merkte ganz gut, wie es stand. Er wußte auch, daß es seinen Neffen nur reizte, wenn er ihm nahelegte: »Du solltest lieber wieder heimgehen.«

Thérèse erschien einen Moment lang im Hof, um etwas in den Abfalleimer zu werfen.

»Ich habe an ein Altersheim geschrieben, das von geistlichen Brüdern geleitet wird...«

Félix geruhte weder zu lächeln, noch zu staunen, noch entrüstet zu tun. Nein! Er zermalmte seinen Gegner! Man hätte nicht sagen können, wie er es anfing – er wuchs über sich hinaus, wurde größer und breiter. Ein Fremder hätte sich gefragt, wie der Alltagsmensch Arbelet es überhaupt wagen konnte, ihm von einem Altersheim zu sprechen.

»Es ist nicht allzu kostspielig. Fünfzehnhundert Francs jährlich, unter der Voraussetzung, daß Sie sich ein wenig nützlich machen...«

Und der Alte, tückisch, ohne mit der Wimper zu zucken:

»So, so, nützlich. Wie denn?«

Worauf wartete der Neffe noch? Merkte er nicht, daß es Zeit war, das Feld zu räumen? Daß er sich mit jedem Wort weiter in eine Welt vorwagte, der er nicht gewachsen war?

»Es gibt zwei Sorten von Heiminsassen«, erklärte er naiv. »Die einen, die großenteils invalid sind und nichts mehr tun können, zahlen sechstausend Francs. Und die anderen...«

»... sind ihre Dienstboten.«

Arbelet ließ seinen Blick ringsum schweifen und besaß die Kühnheit, zu murmeln: »Hier...«

Was bedeuten sollte: »Hier bist du nicht einmal das.«

Félix wandte ihm brüsk den Rücken, als hätte er jetzt endgültig genug, und bückte sich nach dem Schlauch, mit dem er den Hof zu spritzen pflegte. Über seine Schulter hinweg fragte er plötzlich:

»Hast du den Kindern gesagt, daß ich ihr Onkel bin?«

»Nein. Wir dachten, sie wären noch zu klein, um zu verstehen...«

»Was zu verstehen?«

Er richtete sich wieder auf, um Arbelet, um der ganzen Menschheit die Stirn zu bieten. Ja – um was zu verstehen? Verstehen! Wer wagte es, ihm so bodenlos unverschämt zu kommen?

»Was verstehen?« beharrte er.

»Ihre – Ihre unglücklichen Erlebnisse...«

»Ich hätte unglückliche Erlebnisse gehabt? Trottel!«

»Also gut, lassen wir das. Aber denken Sie über unseren Vorschlag nach.«

Wie nutzlos das war! Wie lächerlich! Wie unklug von dem Burschen!

Und es wurde immer schlimmer! Als würde Arbelet von einem Wirbel ergriffen, der ihn unrettbar in den Abgrund zog. Gleich würde er seinem Onkel etwas sagen, was nicht wiedergutzumachen war.

»Wir – das hat nichts auf sich. Aber Sie könnten alten Bekannten begegnen...«

Der Alte schien mit seinem Schlauch in der Hand zu einem Standbild zu erstarren und maß ihn mit einem harten Blick.

»Verzeihen Sie, Onkel, aber es ist zu Ihrem Besten...«

»Sag das noch einmal! Ich könnte...«

Er hätte den Neffen ja auch umbringen können – ihn einfach mit dem schweren Metallkopf seines Schlauchs erschlagen! Nur so zur Probe – zur Abwechslung! Er sprach schon lange genug davon, daß er einen umbringen würde.

Der Versuch lockte ihn wirklich. Wie Arbelet so in seinem braven blauen Anzug und seinem Strohhut mitten in einem Sonnenstrahl stand, schien er für die Rolle des Opfers wie geschaffen. Als hätte er sich absichtlich so hingestellt.

Sein Adamsapfel bewegte sich. Offenbar hatte er ein bißchen Angst, er bemühte sich zu lächeln.

»Denken Sie darüber nach...«

Ein Schwindel überkam Félix. Es dauerte nicht lange. Gerade nur lang genug, um die Augen zu schließen und sie wieder aufzumachen. Er hatte sich die ganze Zeit gefragt, was ihn bei dieser Unterhaltung mit dem Neffen so sonderbar anmutete.

Jetzt wußte er es! Es war die Ähnlichkeit mit Penders! Nicht einmal so sehr die körperliche Ähnlichkeit, denn Penders war damals zweiundzwanzig Jahre alt und trug Uniform, aber sie gehörten beide der gleichen Kategorie an – der Kategorie der Opfer!

Als ob gewisse Menschen für die Schlachtbank bestimmt wären, wie die Schafe.

Penders hatte ebenfalls dieses Zittern um die Lippen, diesen ehrlichen Willen, den Menschen offen ins Gesicht zu sehen, diesen Ehrgeiz, seine Angst zu meistern.

»Also denken Sie nach... Ich sitze hier im Café. Mein Autobus geht erst um fünf.«

Was für ein Tag! Als Arbelet vorhin durch die Küche ging, hatte Monsieur Jean ihn angesehen, ohne ihn zu sehen, als sei er ein substanzloser Schatten.

Während er sich jetzt entfernte, hielt Félix die Augen auf ihn gerichtet, war sich aber seiner Existenz nicht mehr bewußt. Er sagte mit der ausdruckslosen Stimme, mit der er zu sich selber zu sprechen pflegte:

»Ich bring wirklich noch einmal einen um...«

Wirklich! Er hatte seinem gewohnten Ausspruch das Wort »wirklich« hinzugefügt, denn den anderen, Penders, hatte er nicht *wirklich* umgebracht.

Übrigens war er damals vielleicht noch blöder gewesen als Arbelet jetzt. Er trug einen Schnurrbart mit langen, gezwirbelten Spitzen, wie es Mode war, und er war in ein Kolonialregiment in Afrika eingetreten – wegen der Illustrationen in einem Buch von Jules Verne!

Penders und er...

Wenn man bedachte, daß es keinen einzigen, keinen richtigen Menschen gegeben hatte, der die Geschichte verstand, außer vielleicht ihr Oberst!

Was wußten sie denn vom Leben, Penders und er? In diesem Alter! Man konnte ihnen Streifen auf die Ärmel aufnähen und ihnen einen Revolver in den Gürtel stecken und ihnen ein paar Dutzend jämmerliche Neger zum Herumkommandieren geben, sie wußten trotzdem nichts. Nichts vom Leben und nichts vom Sterben.

Sie glaubten noch an Bilder und bemühten sich, ihnen zu gleichen. So war es!

Auf den Bildern dringen die Kolonialtruppen in den Busch ein, um große Entdeckungen zu vollbringen.

Sie hatten es nicht gerade absichtlich getan, sondern man hatte sie »auf Mission« geschickt, wie in den Geschichten.

Und wie in den Geschichten waren die Neger von ihrer Eskorte unterwegs weggeschmolzen, kaum daß man es recht merkte.

Der einzige Unterschied war der: Als sie sich plötzlich allein sahen, ohne ihren Proviant, den die Neger hatten mitgehen lassen, bekamen sie fürchterliche Angst – vor dem Hunger, vor dem Unbekannten und am meisten vor der Nacht, solche Angst vor allem, daß sie sich wie die Kinder eng aneinander duckten, als es zu dunkeln begann.

... Und jetzt dieser Arbelet, der sich als Mann aufspielte und davon redete, alles allseitig aufs beste in Ordnung zu bringen, mit Hilfe von fünfzehnhundert Francs im Jahr und kleinen Dienstleistungen für die Invaliden und die geistlichen Brüder und so weiter und so fort!

Damit hatte alles begonnen, mit Penders und Millionen Menschen, die seinen Namen gar nicht kannten. Er stammte aus dem Norden, irgendwo aus den Ardennen, und hielt sich für stark, weil er dicke Knie hatte, was aber nur daher kam – das wußte Félix jetzt – daß man ihn mit zuviel Kartoffeln großgezogen hatte.

Der Durst hatte ihn richtig irrsinnig gemacht. Er weinte. Dann bekam er einen Koller und befahl seinem Kameraden, Wasser zu holen, einfach so.

Félix wußte nicht, was er tun sollte. Er hatte gleichfalls Angst und Durst und einen geradezu schmerzhaften Wunsch, am Leben zu bleiben.

Als er dann, buchstäblich auf den Knien, zum Posten zurückgekrochen kam, wollte niemand ihm glauben, daß Penders sich selbst umgebracht hatte, ganz unvermittelt, ohne auch nur zu drohen, indem er den Lauf seines Dienstrevolvers in den Mund steckte.

Man hatte ihm strengen Arrest gegeben. Es war die Rede von einer Strafuntersuchung gewesen. Dann kam eines Tages der Oberst zu ihm, väterlich und angewidert zugleich.

»Unterschreiben Sie hier... Das ist Ihre Entlassung. Sie können sich woanders aufhängen lassen.«

Und Félix wußte, daß der Oberst im Grunde recht hatte. Er hätte Penders nicht sterben lassen dürfen. Aber wie? Das war eine andere Frage. Er hätte es eben so einrichten müssen.

Danach drei Monate Spital, ohne bestimmte

Krankheit, einfach weil er sich nicht daran ge-
wöhnen konnte, kein Kind mehr zu sein.

Plötzlich, ohne Übergang, hatte er sich daran
gewöhnt, überhaupt nichts mehr zu sein! So dahinzuleben, ohne Bedürfnis nach dem Gruß und
der Meinung seiner Mitmenschen! Dahinzuleben
wie ein Pilz oder ein Baum, zu essen und zu trinken, irgendeine Arbeit für irgendwelche Leute zu
tun.

Was machte es schon aus, daß er nicht mehr zum
Quai zugelassen wurde, wo mit jedem Schiff ein
neuer Penders landete? Und auf dem Quai die
Altgedienten zu sehen, die die Neuen auf ihn aufmerksam machten und halblaut tuschelten:

»Der dort ist Drouin…«

»Was hat er denn angestellt?«

»Ach, irgendeine unglückliche Geschichte im
Busch. Der ist erledigt. Er sollte nicht hierblei-
ben… Es ist peinlich…«

Für Félix nicht! Es wurde ihm sogar zum Bedürfnis, den anderen peinlich zu sein, und damit
es ihnen noch peinlicher wäre, lebte er mit einer
schon verwelkten, häßlichen Negerin zusammen.
Wie die Eingeborenen ging er an Bord der Schiffe,
um Ramsch zu verkaufen. Er hatte das Gefühl,
daß er sich damit irgendwie rächte.

Im Krieg hatte man ihn einer nicht kämpfenden
Einheit zugeteilt, und ohne mit der Wimper zu

zucken, hatte er jahrelang die Nebengebäude eines Bahnhofs gereinigt.

Dann war er in einem nicht ganz legalen Spielklub Croupier gewesen.

Und dann...

Was lag ihm schon daran? Konnte er noch tiefer sinken? Als Landstreicher vielleicht? Nein! Dann hätte ihn niemand beachtet, er hätte niemanden angewidert. Niemand hätte ihm etwas befohlen, und er hätte nicht darüber spintisieren können, »einen umzubringen«.

Er richtete den Wasserstrahl auf die Hundehütte, einfach so, weil ihm der Gedanke in den Kopf kam. Es gehörte nämlich auch zu seinen Obliegenheiten, alljährlich die jungen Hunde und Katzen zu ersäufen, von denen niemand etwas wissen wollte.

Was liegt schon daran? Als er einmal mit einem Sack voll blinder Kätzchen daherkam, hatte er auf einer Wiese unten an der Loire einen Schwarm Raben erblickt und ihnen den Sack hingeworfen, um zu sehen, was passierte...

Hatte seine Negerin in Afrika nicht eins ihrer Kinder bei der Geburt getötet, weil es kohlschwarz war und sie Angst vor Drouin hatte?

Und nach alldem erfrechte sich so ein Monsieur Arbelet, unter dem Vorwand, daß er seine Nichte geheiratet hatte, in seine Garage einzudringen, ihn auf seinem Strohsack aufzustöbern und mit tugendsamem, blödem Schafsgesicht etwas von Asyl und geistlichen Brüdern zu erzählen!

So! Jetzt war der Hund naß genug. Er lag, den Schwanz zwischen die Beine geklemmt, wahrhaftig wie ein begossener Pudel in seiner überschwemmten Hütte, und Félix richtete den Strahl auf den kleinen Buben von Thérèse, der gerade in den Hof kam. Er spritzte ihn aber nur ein bißchen an, weil der Bengel ein Ausbund an Bosheit war.

»Was machst du hier?«

»Dir auf den Wecker gehen!«

»Hast du wirklich deinem Vater alles gepetzt?«

»Das geht dich einen Dreck an!«

Félix glaubte, seine eigene Rasse zu erkennen.

»Haben die Polizisten ihn wieder losgelassen?«

»Das ist mir wurscht!«

Der kleine Kerl drehte sich ständig um den Alten herum. Der war nämlich das einzige Wesen auf der Welt, das ihm imponierte. Er versuchte immer, ihm etwas Böses anzutun, aber es gelang nicht. Seine kindlichen Einfälle konnten Félix nichts anhaben.

Von weitem konnte man sie beide mitten im Hof sehen, wo der Sonnenstreifen immer schmäler wurde. Der Alte ließ den Wasserstrahl schlaff über die Pflastersteine rieseln, der Kleine, der an einem giftgrünen Bonbon auf einem Holzstäbchen lutschte, hielt sich dicht hinter ihm. Der Hund in der Hütte beleckte traurig sein tropfnasses Fell.

Monsieur Jean war schon dabei, die Abendsuppe aufs Feuer zu stellen, während die alte Nine das Geschirr wusch, ohne sich von ihrem Platz zu rühren. Man stellte ihr einen Bottich mit heißem Wasser zwischen die Beine, so daß sie ihren Winkel vom frühen Morgen bis zum späten Abend nicht zu verlassen brauchte.

Thérèse kam in die Küche und sagte gleichmütig:

»Er ist schon wieder da.«

»Dein Mann?«

Madame Fernande an ihrer Kasse rechnete ab. Die Mittagsgäste waren alle fort.

Drinnen im Café versuchte ein linkischer, verlegener Arbelet mit Rose zu scherzen.

»Die Gäste machen Ihnen doch sicher alle den Hof! Ich wette, man hat Sie schon zu entführen versucht!«

Aber es ging nicht. Er hatte keine Übung darin und erhoffte sich auch nichts. Der Eintritt des Polen, der noch betrunkener schien als vorher, brachte ihn aus der Fassung. Er war erstaunt, wie tapfer die Kleine ihm Widerstand bot.

»Nein, ich bringe Ihnen nichts! Sie sind schon besoffen genug. Daß Sie sich nicht schämen!«

76

»Geh, hol ihn!«

»Wen?«

»Den Patron.«

Sie besaß schon die Selbstsicherheit, die Maurice Arbelet an allen Leuten im Weißen Roß aufgefallen war.

»Also gehen Sie schon! Machen Sie keine Geschichten. Sie wissen doch, daß die Polizei Sie im Auge hat.«

»Wenn ich ihn mit meiner Frau schlafen lasse, darf ich mir doch wohl ein Glas einschenken...«

Er näherte sich der Theke, um sich selbst zu bedienen. Monsieur Jean trat in seiner weißen Kochmütze, ein Küchentuch in der Hand, in den Saal.

»Geh jetzt, Rose.«

Er ging auf den Betrunkenen zu, nicht mit drohender Gebärde, wie Arbelet gedacht hätte, sondern mit ruhiger Sicherheit.

»Tu mir den Gefallen und verschwinde und halt den Mund...«

Arbelet, der aufgestanden war, setzte sich wieder. Er gestand sich nicht ein, daß er es tat, um in der vorauszusehenden Rauferei eine geringere Angriffsfläche zu bieten.

»Marsch! Also mach schon! Mein Haus ist kein...«

Sie rempelten einander an, man sah, daß ihre Körper sich berührten. Wurden Schläge ausgeteilt? Arbelet fragte sich, ob er nicht eingreifen sollte. Er erhob sich ein wenig von seinem Sitz, und just in diesem Augenblick traf ein schwerer Gegenstand seinen Kopf. Der Pole hatte eine Sodawasserflasche in seine Richtung geschleudert.

Arbelet merkte nicht gleich, daß er verletzt war, er fühlte auch keinen Schmerz. Er blieb stehen, wo er war, die Hände an der Stirn, und als er dann mechanisch die eine betrachtete, sah er, daß sie blutüberströmt war.

5

Jetzt wußte er, wieso die Opfer einer Katastrophe blutigen Gespenstern ähneln. Er sah sich in einem Spiegel, und was ihn völlig verstörte, war weder der Schmerz noch das Bewußtsein, verletzt zu sein, sondern sein eigenes Bild.

Diesem Bild nach mußte ihm ein Auge ausgerissen sein, etwas anderes war nicht denkbar. Man sah keine Wunde, keinen Riß, nur Blut von den Haaren bis zum Mundwinkel und mitten in dem Blut einen weißen Augapfel.

Arbelet schrie nicht. Er stand da, wie in einem bösen Traum, mit einer Miene, die kläglich zu fragen schien: »Kümmert sich denn niemand um mich?«

Er traute sich nicht, sein Auge zu berühren. Er traute sich auch nicht, das andere zu schließen, um sich zu vergewisssern, daß er auf beiden sähe.

Er hörte, wie Rose in die Küche lief und rief: »Thérèse! Thérèse!«

Monsieur Jean öffnete ein Schubfach, während

der Pole ein Messer mit feststehender Klinge aus der Tasche zog und, ohne ein Wort zu äußern, den Auslöser spielen ließ.

»Wirst du das sofort loslassen?« brummte der Wirt und nahm einen Revolver aus der Schublade.

Madame Fernande, die sich nicht von der Kasse weggerührt hatte, telefonierte mit erstaunlich ruhiger Stimme.

»Ja... Sie kommen sofort, nicht wahr? Und bringen Sie gleich den Arzt mit...«

Das alles schien wie mit der Zeitlupe aufgenommen. Da erschien plötzlich Thérèse und ging mit raschem, festem Schritt auf ihren Mann zu, ohne sich um das drohende Messer zu scheren.

»Du bist wohl verrückt geworden, ja?«

Wie mit einem ungezogenen Jungen! Sie wies mit dem Kopf auf das Messer hin.

»Her damit!«

Schon hielt sie es in der Hand. Mit der anderen verpaßte sie dem Mann eine knallende Ohrfeige.

»Und jetzt wartest du auf die Polizei. Verstanden?«

Damit war es vorbei, und man konnte sich um den Verwundeten kümmern. Nicht Thérèse, die sich nicht für ihn interessierte, aber der Wirt und Rose wandten sich ihm zu.

Genau in diesem Augenblick fühlte Arbelet, daß ihm die Sinne schwanden. Er konnte gerade noch einen Schritt rückwärts tun, bis zur Bank. Noch während er hinsank, versuchte er entschuldigend zu lächeln.

Félix hatte seinen Hof fertig gesprengt und fegte den Schmutz mit einem Stallbesen in den Bach. Er hatte den Krach gehört, mit dem die schwere Siphonflasche auf dem Fliesenboden zerschellte, nachdem sie Arbelet getroffen hatte, wandte aber nur einen Moment den Kopf, um nach dem Haus hinüberzusehen.

Dann war Rose mit dem Schrei: »Thérèse! Thérèse!« in der Tür erschienen, und Thérèse war über den Hof gelaufen.

Félix trat ohne Eile, den Besen in der Hand, in die Küchentür und sah die alte Nine fragend an.

»Ihr Mann... Wieder mal stockbesoffen«, erklärte die Alte.

Thérèse kehrte fast im gleichen Augenblick zurück. Mit hartem, entschlossenem Gesicht ging sie die Treppe zu ihrer Kammer hinauf. Dann erschien sie dort am Fenster und schrie in dem keifenden, langgedehnten Ton, mit dem die Frauen aus dem Volk ihre Kinder rufen: »Henri! Henri!«

Henri antwortete nicht. Man wußte nie, wo er herumlungerte. Vielleicht hielt er sich ganz in der Nähe versteckt und tat, als hörte er nicht. Das war schon öfter passiert.

Félix wollte wissen, was Thérèse dort oben trieb. Er suchte seinen Unterschlupf in der Garage auf, hievte sich auf seine Kisten hinauf und sah in Thérèses Kammer hinüber, wo die Magd gerade ihr enges Kleid über den Kopf streifte. Es sah aus, als würde ihr die Haut abgezogen. Als ihr Gesicht wieder zum Vorschein kam, sah es bitterböse aus, und sie brummte etwas vor sich hin, so ähnlich wie: »Die werden schon sehen!«

Auf dem Bett stand ein offener Fiberkoffer. Auch der Schrank stand offen. Thérèse wirtschaftete im Zimmer herum und packte. Von Zeit zu Zeit beugte sie sich weit zum Fenster hinaus und legte wieder los: »Henri! Henri!«

Hier am Fenster schien sie sich an den Beobachtungsposten des alten Félix zu erinnern. Sie konnte nicht erkennen, ob er auch jetzt dort stand, streckte ihm aber auf alle Fälle die Zunge heraus.

Das hinderte sie nicht, ihre Tätigkeit fortzusetzen. Sie zog sich in großer Eile von Kopf bis Fuß um. Die Wäsche, die sie trug, war so zerlumpt, daß sie sie einfach hinter den Schrank schmiß. Sie zog ihr gutes Kleid an und rollte das andere zusammen, um es im Koffer zu verstauen.

Dann verschwand sie unerklärlicherweise. Hinunter war sie nicht gegangen, Félix hätte sie am Stiegenfenster vorbeigehen sehen, und die Toilette im ersten Stock durften die Mädchen nicht benützen, da konnte sie auch nicht sein.

Nach ein paar Minuten kam sie zurück, wühlte noch ein wenig in ihrem Koffer herum, schloß ihn zu und lief die Treppe hinunter. Dann kreischte sie wieder im Hof herum: »Henri! Henri!«

Nur die alte Nine saß unbeweglich in ihrem Winkel, den der Abend mit violettem Licht füllte. Sie sah jeden kommen und gehen, sah Rose einen Krug mit heißem Wasser füllen. Dann hörte sie mehrere Leute die Treppe hinaufsteigen und gleich darauf dieselben Schritte gerade über ihrem Kopf, in einem Zimmer im ersten Stock.

Die Polizisten waren gekommen und hatten dem Polen, der tückisch zu Boden blickte, Handschellen angelegt.

Sooft Monsieur Jean an seiner Frau vorbeikam, warf er ihr verstohlen einen kurzen Blick zu. Er wußte nicht, wie sie reagieren würde, und es war ihm keine Beruhigung, daß sie ihre gewöhnliche ruhige Miene zur Schau trug.

»Bring dem Doktor saubere Handtücher, Rose. Nicht die Frottiertücher... Nimm die aus dem unteren Fach.«

Ein Polizist zog mit dem Verhafteten ab, während der Wachtmeister, ein grobknochiger, blonder Typ aus dem Norden, sich an einem Tisch im Café niederließ, seine Beine in den Ledergamaschen übereinanderschlug und gemächlich seine Pfeife zu stopfen begann.

»Was darf es sein?« erkundigte sich Monsieur Jean.

»Danke, gar nichts... Also höchstens ein Gläschen Marc. Was wollte er denn schon wieder?«

»Keine Ahnung. Er war stockbesoffen. Ich habe probiert, ihn vor die Tür zu setzen...«

Der Wachtmeister war zufrieden. Er lächelte seinem Glas zu und blickte sich lächelnd im Café um, wo jetzt dämmerige Kühle herrschte. Nur ein vereinzelter Sonnenfleck, man wußte nicht, woher er kam, flimmerte auf der Tapete.

Monsieur Jean schenkte sich ebenfalls ein Gläschen ein und kippte es auf einen Zug, was er sonst nicht zu tun pflegte. Der Wachtmeister sah sich bewogen, einen Blick ins Nebenzimmer zu werfen, wo Madame Fernande saß.

Erst nach diesem Blick bekamen seine Worte ihren wahren Sinn.

»Hat er nichts gesagt?«

Monsieur Jean stotterte verlegen:

»Ich hab nicht aufgepaßt...«

»Er ist nämlich kein übler Kerl. Im Steinbruch führt er sich, scheint's, einen Tag um den anderen ordentlich auf. Dann packt es ihn, er beginnt zu saufen und verschwindet.«

Monsieur Jean fragte sich, wo Thérèse sein mochte. Vielleicht half sie oben dem Doktor.

»Wer ist der Mann, den er getroffen hat?«

»Ich weiß nicht. Er ist erst zum zweitenmal hier.«

»Wird er Klage erheben?«

Sie tranken jeder noch ein Gläschen, um die Zeit totzuschlagen.

Félix kam wieder in die Küche, nicht aus Neugier, sondern um zu essen. Die alte Nine saß noch immer allein dort. Er öffnete den Kühlschrank.

Er hätte verkünden können: »Thérèse macht sich davon.«

Er wußte es, aber er schwieg; nicht aus Diskretion, sondern weil er gern alles für sich behielt.

Er aß stehend ein Stück Suppenfleisch. Im ersten Stock waren Schritte zu hören, und da das um diese Zeit etwas Ungewöhnliches war, sah er Nine an.

»Ein Gast hat eine Flasche über den Kopf bekommen«, erklärte die Alte.

»Welcher Gast?«

»Ich weiß nicht... Er war allein im Café.«

Félix lachte nicht, aber nur weil er niemals lachte, weil er vielleicht überhaupt nicht lachen konnte. Immerhin ging er so weit zu rufen:

»Das ist bestimmt mein Neffe!«

Sogar der alten Nine, die sich über nichts wunderte, kam das sonderbar vor.

»Können wir unsere Rechnung haben, Madame Fernande?«

Alles im Haus war wieder mehr oder weniger an seinem Platz; der Wirt und der Wachtmeister im Café, Madame Fernande an der Kasse im Restaurant, wohin das junge Ehepaar soeben nach einem letzten Gang an die Loire zurückgekehrt war. Die beiden waren in knapp drei Tagen dunkelbraun gebrannt.

»Reisen Sie heut abend ab?«

»Ja, morgen geht's wieder an die Arbeit. Wir fahren um neunzehn Uhr fünfzehn.«

»Sie essen nicht mehr hier?«

»Vielleicht könnten Sie uns einen kalten Imbiß zurechtmachen, wir essen dann im Zug.«

Félix und Nine hörten mechanisch zu, denn die Türen waren stets halbgeöffnet. Nun kam Thérèse zurück, die offenbar durch die Hintertür weggegangen war.

Niemand fragte, wo sie gewesen war, und es fiel auch nicht auf, daß sie ihr gutes Kleid anhatte. Allerdings war es ebenfalls schwarz.

»Sie müssen die Tische decken, Thérèse.«

Thérèse antwortete nie: »Ja, Madame.«

Das war ihr Prinzip. Sie antwortete nicht, sondern tat, was man ihr auftrug, mit demonstrativ übellaunigem Gesicht.

Niemand wußte so recht, worauf man wartete,

aber man erwartete etwas – vermutlich, daß der Doktor herunterkäme und seinen Bericht über den Verwundeten abgäbe. Der helle Sonnenfleck war von der Tapete verschwunden, es wurde schwül, und der Himmel verdüsterte sich, als ob es regnen wollte.

»Thérèse!« rief Madame Fernande, die die Rechnung für das junge Ehepaar schrieb, »was hat Nummer Drei heut zum Frühstück gehabt?«

»Wie immer, Grapefruitsaft.«

»Keinen Kaffee?«

»Nein. Warum? Reisen sie ab?«

Félix hatte sein Fleisch verschlungen und schickte sich an, die Küche zu verlassen. Er blieb noch einen Augenblick stehen, weil er auf der Treppe Schritte und Flüstern vernahm. Der junge Ehemann trat an die Kasse.

»Könnte ich einen Augenblick mit Ihnen sprechen, Madame Fernande?«

Die Patronne wunderte sich über sein feierliches Gehaben. Thérèse hingegen schien gleich zu begreifen. Sie verließ ostentativ den Speisesaal, blieb aber in der Küche, in der Nähe der offenen Tür stehen.

Félix war zu weit entfernt, um etwas zu verstehen. Der junge Mann sprach leise, und die Wirtin warf nur ab und zu ein kurzes Wort ein. Zum Schluß aber sagte sie deutlich:

»Kommen Sie hier herein. Zufällig ist gerade der Polizist da.«

Félix sah Thérèse an. Sie zuckte mürrisch die Achseln. Dann schien sie plötzlich einen Entschluß zu fassen und lief eilig in ihre Kammer hinauf.

Nine murmelte mit mildem Erstaunen:

»Was gibt's denn schon wieder, Félix?«

»Gar nichts.«

Im Café führte Madame Fernande das Wort, während die Augen ihres Mannes immer tiefer in ihren Höhlen zu versinken schienen.

»Ich bin sicher, daß Thérèse es getan hat«, schloß sie. »Es passiert nicht zum erstenmal, daß etwas im Haus verschwindet, aber jetzt handelt es sich um eine Uhr, die einem Gast gehört.«

»Wie hat die Uhr ausgesehen, Monsieur?«

»Eine goldene Armbanduhr. Ich hatte sie wie immer auf dem Nachttisch liegen gelassen.«

»Wo ist das Mädchen?«

»Ich glaube, in der Küche.«

»Holen Sie sie herein.«

Alle waren überrascht, als ein ganz durchnäßter Gast eintrat, denn niemand hatte bemerkt, daß ein sachter Sommerregen fiel. Madame Fernande war wieder am Telefonieren.

»Hallo! Epicerie Garissol? Entschuldigen Sie die Störung – aber ich habe eine dringende Mitteilung für Ihre Nachbarin, Madame Arbelet. Sie hat ja kein Telefon... Ja, Arbelet... Wären Sie so freundlich, sie zu rufen?«

Dabei bedeutete sie Rose durch Zeichen, sich um den verregneten Gast zu kümmern.

»Hallo! Bitte unterbrechen Sie nicht, Mademoiselle! Madame Arbelet? Ich soll Ihnen von Ihrem Mann ausrichten, daß er heute abend nicht heimkommen wird. Ja, er ist noch immer in Pouilly – im Weißen Roß... Aber nein, bestimmt nicht! Er hat länger hier zu tun, als er gedacht hatte... Guten Abend, Madame...«

Wie immer in solchen Fällen, gab es heute dreimal soviel Gäste als sonst, vorbeifahrende Autos, die aus unerforschlichen Gründen gerade hier anhielten, und Thérèse war nicht da. Der Wachtmeister hatte sie abgeführt, ohne auf die Schimpfworte zu achten, die sie ihm an den Kopf warf. In der Tür hatte sie sich noch einmal umgedreht, um ihrem Haß, nicht auf den Patron, sondern auf Madame Fernande, Ausdruck zu verleihen:

»Die hochnäsige Ziege, die!«

Der kleine Bub trieb sich irgendwo auf der Straße herum. Er tauchte im Hof auf, als es schon fast dunkel war, und Félix bemerkte gleichmütig:

»Die Patronne sucht dich.«

»Warum haben sie meine Mutter ins Kittchen geführt?«

»Keine Ahnung. Geh zur Patronne.«

Im Restaurant saßen fünfzehn oder sechzehn Leute beim Nachtessen. Es war peinlich, vor ihnen die Polizei anzurufen. Madame Fernande zog den Kleinen in die Küche.

»Lauf rasch zu deiner Mutter. Ach, du weißt schon, wo sie ist? Sie hat dir was zu sagen.«

Auf der Wache saß der Wachtmeister mit übergeschlagenen Beinen und munterem Blick da und rauchte seine Pfeife.

»Gib doch zu, daß du dich dünnemachen wolltest! Dein Koffer war fertig gepackt.«

»Ich hatte genug von der Sauwirtschaft dort...«

»Wo wolltest du denn hin?«

»Das ist meine Sache.«

»Du hast auf den Sechs-Uhr-Bus gewartet, nicht wahr? Darum hast du den Buben gesucht.«

Er hatte schon zwanzigmal gefragt: »Wo ist die Uhr?«

Sie zuckte nicht mit der Wimper. Schließlich brummte sie:

»Das Ganze hat die Patronne erfunden, weil sie auf mich eifersüchtig ist!«

»Auf dich?«

»Sie glauben vielleicht nicht, daß ihr Mann immer hinter mir her ist?«

»Das hast du schon gesagt, es langt. Man muß aber schon einen komischen Geschmack haben, um es mit einer Schlampe wie dir zu treiben!«

Er reizte sie mit Bedacht, und es gelang insofern, als Thérèse mit Einzelheiten aufzuwarten begann, und zwar in den gemeinsten, schmutzigsten Ausdrücken, die sie finden konnte.

»Na, wissen Sie's jetzt? Einmal hat der Kleine sogar alles mitangesehen. Fragen Sie ihn nur...«

Arbelet litt keine Schmerzen, aber er konnte nicht schlafen. Man hatte das Licht in seinem Zimmer ausgelöscht, damit er zur Ruhe käme, doch im Schein der Straßenlampe waren die Umrisse der Möbel undeutlich zu erkennen.

Seinen Augen fehlte nichts! Sie waren gänzlich unversehrt. Nur die Kopfhaut hatte einen Riß abbekommen. Was Arbelet so erschreckt hatte, war eine Art Schminkeffekt gewesen: das blutüberströmte Gesicht, aus dem ein Auge hervorschaute, gab ihm ein fürchterliches Aussehen.

Zur Not hätte er ganz gut nach Hause fahren können, aber sie hatten ihm zugeredet, über Nacht zu bleiben, und er hatte sich nicht ungern überzeugen lassen.

Er lauschte auf die Geräusche im Haus und hoffte, daß Rose kommen würde, wie sie es schon einmal getan hatte, um zu fragen, ob er nichts brauchte.

Unten waren viele Leute, man hörte Geschirr und Besteck klappern, Gäste kommen und gehen, dann fuhren die Autos eins nach dem anderen weg.

Um zehn Uhr war der Wachtmeister mit Monsieur Jean allein im Café. Die diversen Gläschen Marc gehörten jetzt schon zur Tradition.

»Aus dem Bengel habe ich nichts herausgekriegt, und sie leugnet natürlich weiterhin alles ab. Die Uhr habe ich weder auf ihr noch in ihrem Koffer gefunden. Dabei haben wir eine Leibesvisitation vornehmen lassen.«

Warum glänzten seine Augen? Besonders als er fortfuhr:

»Übrigens erzählt sie ungebeten, daß sie oft Männer in ihre Kammer mitbrachte. Den Jungen hat sie inzwischen auf die Treppe hinausgeschickt. Jeder war ihr recht, Alte und Junge, Fuhrleute, die sie in der kleinen Kneipe bei der Brücke aufgeklaubt hat.«

Monsieur Jean wandte nicht einmal den Kopf nach dem anstoßenden Speisesaal, wo seine Frau, die die Tageseinnahmen abrechnete, alles hören konnte.

»Ich glaube«, fuhr der Wachtmeister fort, »daß sie schon lange die Absicht hatte, nach Marseille zu verduften. Sie hat dort einen alten Liebhaber. Wahrscheinlich erinnern Sie sich an ihn – einen schwärzlichen Kerl, den ich letztes Jahr zu Silvester festnehmen mußte, weil er auf die Leute losging.«

Für Arbelet in seinem Zimmer war das alles nur ein unverständliches, eintöniges Gemurmel. Nine war schlafen gegangen, nachdem sie ihre schwerste Tagesarbeit hinter sich gebracht hatte: die siebenunddreißig Stufen, die in ihre Dachkammer hinaufführten.

Unter der gestreiften Markise draußen beleuchteten die zwei elektrischen Lampen die feine Schraffierung des Regens. Jetzt hielten die vorbeirasenden Autos nicht mehr an – bis auf das eines nervösen kleinen Herrn, der sich im Weg geirrt hatte und über Sancerre hinausgefahren war.

Rose aß in der Küche ihr verspätetes Nachtmahl, und Félix hockte auf einem Sessel und wartete, bis er seinen Nachtwächterposten auf dem alten Kanapee im Gang einnehmen konnte.

Für Arbelet verging Minute um Minute – dann kam eine große Leere, eingeleitet vom Knipsen eines Schalters, das den ins Zimmer einfallenden matten Lichtschein um die Hälfte verminderte. Man hatte die Lampen auf der Caféterrasse ausgelöscht. Eine Tür fiel ins Schloß, die Schritte des Wachtmeisters entfernten sich.

Niemand kam und fragte, wie es ihm ging, das kränkte ihn. Er vermochte Roses Schritt nicht zu erkennen, dafür erschien ein Lichtschein unter der Tür, die ins Nebenzimmer führte, und alsbald vernahm er die Stimme des Wirtes:

»Na und?«

Und darauf die Stimme von Madame Fernande:

»Und was?«

Andere Geräusche ließen erkennen, daß das Ehepaar zu Bett ging. Madame Fernandes Stimme blieb die ganze Zeit gleichmäßig ruhig, während Monsieur Jean in zwar gedämpftem, doch aggressivem Ton sprach.

»Das ist alles, was du zu sagen hast?«

Darauf sie, offenbar auf dem Bett sitzend, wo sie sich die Strümpfe auszog:

»Was soll ich dir denn sagen?«

»Nichts!«

Stille. Einer von beiden putzte sich die Zähne, der andere legte sich ins Bett.

»Du hast also beschlossen, nichts zu sagen?«

Es war der Mann, der wieder anfing. Er hatte sich auch die Zähne geputzt, man hörte ihn herumgehen, während seine Frau sich nicht mehr rührte.

»Paß auf, Fernande... Es ist jetzt nicht der Moment, mich zum Äußersten zu treiben... Du verstehst sehr gut, was ich meine.«

»Leg dich schlafen.«

»Und nach allem, was geschehen ist, hast du mir nichts weiter zu sagen?«

»Wozu denn?«

»Es macht dir also gar nichts aus, nein?«

»Mir wäre es lieber, man hätte nicht alles aufgerührt.«

»Du wußtest es also? Willst du das andeuten?«

»Bitte, leg dich endlich hin. Ich möchte schlafen. Und nebenan liegt der Verwundete, er könnte uns hören.«

»Ich pfeif darauf! Seit vielen Stunden gelingt es mir nicht, deinem Blick zu begegnen...«

»Aber ja doch! Solange du willst!«

»Was soll jetzt dieser Blick bedeuten?«

»Gar nichts, Jean. Zwing mich nicht, etwas zu sagen, was ich lieber nicht sagen möchte. Wir müssen hoffen, daß alles wieder in Ordnung kommt, nicht wahr? Die Person verläßt das Haus...«

»Das will ich meinen!«

»Na also.«

Arbelet war betroffen, beinahe erschrocken. Daß es zwischen Mann und Frau so weit kommen könnte, hätte er nicht für möglich gehalten. Das Unverständlichste war, daß es der Mann war, der explodierte.

»Na also! Na also! Etwas anderes fällt dir nicht ein? Du deckst dein Spiel nicht auf, nicht wahr?

Es ist dir also ganz gleich, daß ich mit Thérèse geschlafen habe?«

»Jean!«

»Was, Jean? Und du hast wahrscheinlich noch mehr erfahren! Alles, ohne mit der Wimper zu zucken! Du sitzt ruhig an deiner Kasse! Dabei weißt du genau, daß nichts mich dermaßen reizen kann!«

»Leg dich endlich hin, Jean!«

»In dein Bett, wie? Neben dich, während... Bitte! Ich weiß nicht mehr, was ich sagen soll – aber du willst es ja so haben. Du widerst mich an!«

»Schrei nicht so, das ganze Haus kann dich hören.«

»Und ich erkläre dir, wenn du dieses Spiel weitertreibst, richte ich noch ein Unglück an...«

»Was willst du denn von mir? Soll ich dir eine Szene machen? Du kannst ja nichts dafür – du warst von jeher so.«

Sie war im Weißen Roß geboren. Fünfundzwanzig Jahre lang hatte sie ihren Vater jeden Abend betrunken gesehen, so daß die Hausbewohner zu zittern begannen, wenn er sich zu den Gästen setzte.

Ab sieben Uhr abends tauschten sie beunruhigte Blicke. Die Mutter winkte die Tochter herbei, um ihr zuzuflüstern:

»Bleib in seiner Nähe!«

Sie gebrauchten alle möglichen Listen, aber er konnte noch so betrunken sein, er war schlauer als sie alle und merkte es.

Dann geriet er in Zorn, wie Jean es eben getan hatte, aber seine Wutanfälle waren fürchterlich. Er zertrümmerte aus bloßer Lust am Zertrümmern, und manchmal schlug er auch zu.

Jean trank nicht, und er gebrauchte rührende Vorsichtsmaßnahmen, wenn er hinter den Dienstmädchen her war. Nachher warf er seiner Frau zerknirschte Blicke zu.

»Ich glaube nur, du solltest aufpassen«, sagte sie jetzt. »Der Vater von Rose streicht wieder in der Gegend herum. Mittags hat er mit Stephan im Café zur Brücke ein Glas getrunken.«

Jean wußte nicht, was für ein Gesicht er machen sollte. Er hätte lieber weiter gewütet.

»Na und? Was geht mich das an?«

»Du weißt doch, wie die Flußschiffer sind. Wenn er einmal eins über den Durst trinkt... Und das Mädel ist minderjährig...«

Arbelet glaubte nachträglich, die Bewegung gesehen zu haben. Der Wirt hatte den ersten, besten Gegenstand ergriffen, eine Vase oder einen Blumentopf, und ihn auf den Fußboden geschmissen.

»Beruhige dich«, sagte seine Frau.

Er lachte höhnisch:

»Das ist leicht gesagt! Beruhige dich! Beruhige dich! Ja, du bist ruhig, wahrhaftig! Du bist immer ruhig! Solang du nur an der Kasse sitzt und Geld einnimmst...«

»Wär's dir lieber, wenn ich heulte und dir Vorwürfe machte? – Wohin willst du denn?«

Offenbar war er zur Tür gelaufen.

»Ich weiß nicht... Laß mich!«

»Jean!«

»Zum Teufel!«

Er riß die Tür auf. Sie sprang aus dem Bett und lief ihm auf bloßen Füßen nach.

»Bleib. Du bleibst hier, verstehst du? Wir werden auch so schon genug Unannehmlichkeiten haben.«

Sie machte die Tür zu. Er blieb. Sie legte sich wieder ins Bett, und er folgte ihr gleich darauf.

Das Licht unter dem Türspalt erlosch.

Arbelet glaubte eine weibliche Stimme zu hören, die in der Dunkelheit ganz leise fragte: »Weinst du?«

Dann kam nichts mehr.

6

Christian merkte nichts, aber auf Emile machte der Vorfall einen so tiefen Eindruck, daß er sich noch Jahre später an seine Geschichtslektion erinnerte, einen Abschnitt über Karl den Großen, den er auswendig herunterschnurrte, während seine Mutter den Tisch deckte.

Die Worte kollerten aus seinem Mund wie Murmeln. Das Fenster, das auf die stille Straße ging, stand offen. Monatelanger Regen hatte die Männchen nicht weggewaschen, die Emile einmal mit Kreide auf die gegenüberliegende Ziegelmauer gezeichnet hatte.

Das Haus hatte vier Räume, wie aus dem Baukasten, zwei unten, zwei oben. Vorn das Eßzimmer, das gleichzeitig der Salon war, hinten die Küche, wo man das Frühstück einnahm, um »nichts schmutzig zu machen«.

Nebenan der Gemischtwarenladen von Madame Garissol, die auch Gemüse, Petroleum und die Zehnerlose der Loterie nationale feilhielt. Von

Zeit zu Zeit hörte man die Ladenglocke anschlagen.

»Madame Arbelet, zum Telefon!«

Mutter war hinübergelaufen, wie sie war, in Hausschuhen und Küchenschürze. Als sie zurückkam, fiel Emile irgendeine Veränderung an ihr auf, die er selbst nicht hätte bezeichnen können. Die Mutter war weder traurig, noch böse, noch nervös. Sie verkündete lächelnd:

»Wir können essen. Papa kommt heut abend nicht nach Hause.«

Trotzdem erinnerte sie ihn irgendwie an die Gestalten in den amerikanischen Filmen, die einen Schlag auf den Kopf bekommen haben. Als ob sie betäubt wäre. Beim Essen starrte sie auf die dämmrig blaue Straße hinaus und vergaß, den Kindern vorzulegen.

Oben im ersten Stock blieb die Verbindungstür zwischen dem nach vorn gelegenen Schlafzimmer der Eltern und dem Kinderzimmer offen. Viel später, als er gerade am Einschlafen war, vernahm Emile das leise Klappern der Haarnadeln, die Mutter aus ihrer Frisur nahm und in eine Glasschale auf dem Toilettentisch fallen ließ.

Am nächsten Tag war Waschtag, das merkte er am Geruch des Hauses, als er sich auf den Schulweg machte. Man wußte nicht, würde es regnen oder schön werden. Der Himmel war blau, doch graue Wolken mit einem verdächtigen weißen Rand zogen darüber hin.

Der Junge fühlte sich verwirrt, ohne zu wissen warum. Irgendwas war nicht in Ordnung. Er ging dicht an den Häusern entlang und ließ sein Lineal mit einem kratzenden Laut über die Mauern gleiten.

Zu Hause sagte Mama zu Marthe, die dreimal in der Woche waschen und putzen kam:

»Bitte passen Sie einen Moment lang auf den Kleinen auf, Marthe!«

Sie lief zu Madame Garissol (die sie nicht leiden konnte) hinüber, um zu telefonieren. Um diese Stunde saß Madame Fernande noch nicht an der Kasse im Weißen Roß. Es war niemand in der Nähe des Telefons. Monsieur Jean war ausgegangen. Er konnte nicht weit sein, denn er hatte nicht einmal seine Mütze genommen, aber er war nicht da. Vielleicht auf der Polizei?

Rose trug gerade ein Frühstückstablett hinauf. Félix schwitzte in seinem Verschlag. Das Telefon schrillte ins Leere, und die arme Nine hielt sich die Ohren zu. Endlich entschloß sie sich doch, sich zu erheben und langsam zum Apparat hinüberzuwackeln.

Sie war nicht an den Umgang mit dem Telefon gewöhnt.

»Ja, das Weiße Roß... Nein, ich bin nicht die

Frau... Nine heiß ich... *Was* wollen Sie? Ich versteh Sie nicht... *Wer* spricht dort?«

Nine quälte sich ab. Und die Beine taten ihr beim Stehen so weh!

»Welcher Herr? Ein Herr aus Nevers? Ich weiß nicht... Meinen Sie vielleicht den, der verwundet ist? – Ja, am Kopf, ein tiefes Loch... Der ist noch im Bett.«

Germaine Arbelet fühlte sich geradezu erleichtert.

»Wieviel bin ich Ihnen schuldig, Madame Garissol?«

Maurice war verwundet! Das erklärte zumindest, warum er gestern nicht heimgekommen war – das erstemal seit ihrer Heirat!

Es erklärte auch, warum der gestrige Telefonanruf so bedrückend auf sie gewirkt hatte. Sie war ganz verstört gewesen, ohne triftigen Grund. Wenn man sie gefragt hätte, was mit ihr los wäre, hätte sie nur antworten können: »Ich weiß nicht – aber es wird etwas passieren.«

Maurice war verwundet, das war es! Jetzt wußte sie wieder, was sie zu tun hatte.

»Marthe, wir werden heut nicht waschen. Oder warten Sie – machen Sie nur das Bunte. Ich muß ausgehen, ich weiß nicht, ob ich zum Mittagessen wieder da bin. Geben Sie den Kindern zu essen und passen Sie auf den Kleinen auf.«

Sie lief in ihr Zimmer hinauf und zog sich sorgfältig an, wie zu Pfingsten. Christian war in sein
Spiel vertieft und merkte gar nicht, daß sie weg-
ging. Er fragte erst mittags nach ihr, als sie nicht
an ihrem Platz saß.

Keine Aufregung! Das hatte keinen Sinn. Im
Autobus überlegte Germaine, und als der Schaff-
ner herankam, wußte sie, was sie ihn fragen
wollte:

»Sind Sie heute schon diese Strecke gefahren?«

»Ja, die erste Tour, bis Sancerre.«

»Wissen Sie vielleicht, ob es in der Gegend von
Pouilly einen Unfall gegeben hat?«

»Ich habe nichts bemerkt... Warten Sie, ich
frage den Chauffeur.«

Nein, der Chauffeur wußte auch nichts von
einem Unfall. Sie fuhren durch einen kurzen Platzregen, dann schien wieder die Sonne. Aber wenn
es kein Autounfall war – was war dann passiert?
War ihr Mann am Ende mit Onkel Félix in Streit
geraten und...

Germaine erschrak, als sie von weitem ein
Grüppchen von ein paar Leuten vor dem Weißen
Roß stehen sah.

Aber sie überlegte vernünftig. Ihr Mann war ja
schon gestern verletzt worden, also standen die
Neugierigen aus einem anderen Grund da.

Sie stieg aus und ging mit raschen Schritten zum Hotel hinüber. Auf der Caféterrasse standen die Pfützen vom letzten Platzregen. Sie trat ins Restaurant ein, sah dort niemanden, wandte sich dem Café zu und blieb erschrocken stehen.

Gleich zwei Polizisten! Der eine, ein großer, blonder, saß an einem Tisch und schrieb. Der andere stand neben Thérèse, die gleichzeitig heulte und redete – bald murmelte sie mit hohler Stimme, dann brüllte sie wieder, so laut sie konnte.

Der Wirt in seiner weißen Kochjacke und seiner Kochmütze stand mit den Händen in den Hosentaschen da und sah zu.

»Pardon, Monsieur…«

»Einen Moment!«

Thérèse fuhr fort, ohne auf sie zu achten:

»Wenn ich Ihnen doch sag, daß es der Bengel war! Der hat seine Finger überall drin! Er hat halt die Uhr auf dem Nachttisch gesehen und sie genommen, nur so zum Spielen, er versteht das ja noch nicht! Sonst hätte er sie doch nicht einfach in seine Schürzentasche gesteckt! Dort habe ich sie gefunden, aber sie war zerbrochen…«

»Ihr Junge sagt, das sei nicht wahr!« fiel ihr der Polizist ins Wort.

»Wenn ich Ihnen doch sag, daß er lügt!«

»Ich traue ihm aber mehr als Ihnen. Jetzt habe

ich ihn zwei Stunden lang verhört, und er hat sich kein einzigesmal widersprochen – während man von Ihnen weiß, was Sie wert sind.«

»Monsieur...« versuchte Germaine Arbelet aufs neue.

Der Wirt gebot ihr durch ein Zeichen, still zu sein, ohne sie auch nur anzusehen.

»Ich werde Ihnen sagen, wie sich die Sache abgespielt hat«, fuhr der Wachtmeister selbstgefällig fort. »Sie wollten schon seit langem zu Ihrem Liebhaber nach Marseille zurückkehren. Das haben Sie noch vor drei Tagen im Café zur Brücke erzählt, wo Sie sich Ihre Kunden zu suchen pflegen. Wer ist damals mit Ihnen zum Fluß hinuntergegangen? Denn Sie brauchen ja nicht einmal ein Bett!«

»Das ist meine Sache! Hier hab ich's vielleicht im Stehen machen müssen, im Keller!«

Ihre Tränen waren getrocknet.

»Sie wollten also ohnehin fort, und als Sie sahen, daß es mit Ihrem Mann keine gute Wendung nimmt, sind Sie Ihr Bündel schnüren gegangen. Sie mußten auf den Sechs-Uhr-Bus warten. Da ist Ihnen die Uhr in den Sinn gekommen, die Sie auf dem Nachttisch gesehen hatten. Sie wußten nicht, daß die Gäste noch am gleichen Abend abreisen würden, so daß sie den Diebstahl beim Einpacken gemerkt haben.«

Thérèse sah ihn erschrocken an. Er strahlte vor Stolz.

»Wollen Sie etwa behaupten, daß es nicht so war?«

»Nein, es war nicht so!«

Sie fuhr auf den Wirt los: »Aber der wird's mir büßen! Wenn ich dem Vater von Rose begegne, erzähl ich ihm alles! Die Schmutzereien, die sie schon um sechs Uhr früh treiben, und was er ihr alles beigebracht hat! Wenn er wenigstens normal wäre!«

»Pardon...« Germaine Arbelet hielt es nicht mehr aus. Sie schämte sich, als wäre der Polizist plötzlich nackt vor ihr gestanden.

»Was wünschen Sie?« fragte er.

»Ich komme meinen Mann abholen...«

»Sie sind Madame Arbelet?«

Jetzt bemühte sich der Wirt eilfertig um sie.

»Bitte, Madame... Sie haben am Telefon mit unserer alten Küchenmagd gesprochen... Die weiß von nichts und hat Sie für nichts und wieder nichts aufgeregt... Bitte, kommen Sie. Achtung, hier ist eine Stufe...«

Am Morgen hatte Christian nicht gemerkt, daß seine Mutter ihn verließ, obwohl sie sich in Hut und Mantel von ihm verabschiedet hatte.

Und jetzt merkte Germaine kaum, daß sie sich in Bewegung setzte, daß sie hinter einem weißgekleideten Koch eine Treppe hinaufstieg und einen fliesenbelegten Korridor entlangging, und daß in ihrem Kopf eine Uhr herumspukte.

Was war das für eine Uhr? Sie wußte es nicht. Das Ganze war wie ein wüster Traum, dieses mürrische Mädchen, das gleichzeitig schluchzte und schimpfte, der zufrieden lächelnde Polizist...

»Es geht ihm ausgezeichnet. Ein blöder Zufall...«

Der Wirt klopfte an eine Tür. Von drinnen rief es: »Herein!«

Germaine sah ihren Mann im Bett sitzen, mit einem Verband um die Stirn. Neben der Tür stand das hübsche, kleine Serviermädchen mit einem Tablett in der Hand.

»Germaine! Komm herein!«

Er lächelte. Es war das matte Lächeln eines Verwundeten oder Kranken, und sie verspürte einen leisen mißtrauischen Stich.

»Haben Sie irgendwelche Wünsche?« erkundigte sich der Wirt, bevor er sich zurückzog. Er war übler Laune und schob Rose vor sich aus dem Zimmer, ohne sie auch nur anzusehen.

Germaine blieb stehen und fragte:

»Was ist dir denn passiert?«

»Ich habe im Café gewartet, bis ich mit dem Onkel sprechen konnte.«

Noch während er es sagte, wußte er, daß es

falsch war. Eine Halbwahrheit. Dabei wollte er ja nicht lügen, nur die Geschichte abkürzen. Sonst müßte er langwierig erklären, daß er schon vorher mit dem Onkel gesprochen hatte, daß er es aber noch einmal probieren wollte, ehe er ganz aufgab, und inzwischen eben im Café gewartet hatte.

Das war viel zu umständlich.

»Ich habe im Café gewartet, bis ich mit dem Onkel sprechen konnte. Dann kam ein Mann herein, ein Pole, stockbetrunken. Er begann zu brüllen, der Wirt wollte ihn hinausschmeißen... Da hat er eine Siphonflasche durch den Saal geschleudert – und sie ist ausgerechnet auf meinem Kopf gelandet.«

An alldem war nichts Außergewöhnliches, es konnte jedem zustoßen. Warum brachte es Maurice Arbelet in Verlegenheit, seine Geschichte zu erzählen, als hätte er ein schändliches Geheimnis zu verbergen?

Seine Frau spürte diese Verlegenheit, und darum zeigte sie sich nicht übermäßig ergriffen, sondern murmelte nur pflichtschuldig:

»Ist die Wunde tief?«

»Nein, es ist nur die Kopfhaut. Ich wäre heut vormittag auf alle Fälle nach Hause gefahren. Ich warte nur, bis der Arzt den Verband erneuert.«

»Hat es sehr wehgetan?«

»Im ersten Moment habe ich überhaupt nichts gespürt. Erst später. Aber warte, jetzt will ich aufstehen.«

In diesem Augenblick traf ihn ein ganz kleiner Satz wie ein spitziger Pfeil:

»Da hast du Onkel Félix also gar nicht gesehen.«

»Doch...«

»Ich meine, du konntest nicht mit ihm sprechen?«

»Doch... Warte, ich werde es dir erklären.«

Aber es war schon zu spät. Er spürte es an Germaines Blick, und weil er es spürte, sprach er wie jemand, der lügt und obendrein weiß, daß man ihn der Lüge verdächtigt.

»Ich hatte schon vorher mit ihm gesprochen, weißt du... Aber weil er mich nicht sehr freundlich angehört hatte, wollte ich noch einmal...«

Aber das war es nicht, was Germaine beunruhigte. Nein, sie hatte jetzt das gleiche Gefühl wie gestern abend, als Madame Garissol sie ans Telefon rief.

Es lag eine Gefahr in der Luft, sie wußte nur nicht welche. Ihr Mann war unterdessen in aller Unschuld aufgestanden und zog sich an.

»Warum hast du mich nicht angerufen?«

»Gestern? Ich hätte nicht hinuntergehen können. Der Schock, weißt du... Ich hatte immerhin ein bißchen Fieber.«

»Aber heute früh?«

Ja, warum hatte er sie nicht angerufen? Die Wahrheit klang gar zu blöd: Obwohl er doch gewöhnt war, um sieben Uhr aufzustehen, hatte er verschlafen. Als er dann gegen halb neun erwachte, hatte er keine Lust, sich zu rühren, so wohl fühlte er sich in dem weichen, warmen Bett, noch von der letzten Süßigkeit eines verfliegenden Traumes umfangen...

»Man hat mich nicht geweckt«, murmelte er ungeschickt.

Und um sich aus der Affäre zu ziehen, fügte er schmollend hinzu: »Du hast mir nicht einmal einen Kuß gegeben!«

Sie tat es gehorsam.

»Weißt du – die Leute hier sind ganz durcheinander von allem, was passiert ist, sie kümmern sich gar nicht richtig um mich. Und wenn ich gleich weggefahren wäre, hätten sie womöglich gedacht...«

»Was hätten sie gedacht?«

Natürlich! Er redete puren Blödsinn! Im Nebenzimmer war Madame Fernande gerade mit ihrer Toilette fertig geworden. Sie trat auf den Gang und blieb einen Augenblick stehen, um den Stimmen zu lauschen. Unten warf sie einen Blick ins Café, wo der Wachtmeister Rose verhörte.

»Sie erklären also, daß Sie die Uhr nie gesehen haben. Halten Sie Thérèse für eine ehrliche Person?«

»Ich weiß nicht...«

»Hätten Sie ihr Geld anvertraut?«

»Ich weiß nicht...«

Thérèse sah sie mit hartem Blick an, während Monsieur Jean hinter der Theke verdrossene Gleichgültigkeit mimte. Als er seine Frau nebenan eintreten sah, ging er zu ihr in den Speisesaal.

»Die Uhr hat sich gefunden«, sagte er mißmutig.

»Wo?«

»Bei dem Jungen. Thérèse behauptet, daß er sie genommen hat.«

Er hatte die ganze Geschichte satt! Ein Blick hatte genügt, um ihm zu zeigen, daß seine Frau ihre Haltung seit gestern nicht geändert hatte.

Sie tat, als hätte sie nichts gesehen, nichts gehört, oder als sei ihr alles egal. Während sie sich vor dem Spiegel die Haare zurechtzupfte, fragte sie:

»Hast du die Speisekarte fertig?«

»Noch nicht.«

Er stützte den Ellbogen auf die Kasse, zog einen Bleistift aus der Tasche und beleckte ihn, obwohl es kein Tintenstift war.

»Es sind noch Crevetten da ... Ich werde eine Pastete bestellen.«

Er hatte keine Lust zur Arbeit. Madame Fernande wies zur Decke hinauf.

»Ist das seine Frau, die gekommen ist?«

»Ja.«

»Was hat sie gesagt?«

»Nichts – ich weiß nicht ... Zum Teufel, ich habe es satt!«

Das war ihm so herausgeplatzt, als er es am wenigsten erwartete. Er hatte es satt! Punktum! Er ging in die Küche, wo Nine allein in ihrem Winkel saß. Am liebsten hätte er geheult. Er tat es nicht, aber er erstickte schier vor Wut. Er durchmaß zornig die Küche und marschierte in den Hof hinaus, wo er beinahe dem Hund einen Fußtritt versetzt hätte.

Dabei wiederholte er unwillkürlich:

»Ich hab es satt! Ich hab es satt!«

In diesem Augenblick fühlte er sich als Opfer, das hätte ihm niemand ausreden können. Wieso? Von wem? Das alles war unbestimmt, aber jedenfalls hatte seine Frau seit gestern kein Wort über die Geschichte gesprochen – als wollte sie nichts mit diesem ganzen Schmutz zu tun haben.

Was hatte er denn so Schlimmes getan? Mit den zwei Dienstmädchen geschlafen? Na und?

»Jean!«

Er rührte sich nicht, so daß seine Frau bis zur Hoftür kommen mußte. Ein weißes Huhn pickte neben ihrem Schuh herum.

»Der Doktor ist gekommen.«

»Soll er hinaufgehen!«

Er begab sich aber gleichfalls hinauf, denn das gehörte zum Geschäft, und zeigte sich beinahe liebenswürdig. Er rief nach Rose, um heißes Wasser, und zuckte fast enttäuscht die Achseln, als er sah, daß der Verwundete nur noch einen kleinen Pflasterverband brauchte.

Arbelet schien verlegen zu sein.

»Jean!«

Jetzt rief man ihn schon wieder von unten! Es war der Wachtmeister, der seine Amtshandlung beendet hatte.

»So. Das wäre erledigt.«

»Was geschieht jetzt weiter?«

»Mein Rapport geht zur Staatsanwaltschaft. Anklage auf Diebstahl und Hehlerei. Inzwischen nehme ich sie mit.«

Gerade hörte wieder ein Platzregen auf, ein heller Sonnenstrahl traf Thérèse.

»Legen Sie mir keine Handschellen an?« höhnte sie.

»Nicht nötig. Du läufst uns schon nicht davon. Also los!«

Sie stand schon in der Tür, als Madame Fernande erschien.

»Was werden Sie mit dem Buben machen?« fragte sie den Wachtmeister.

»Ich weiß noch nicht... Wahrscheinlich wird man ihn ins Waisenhaus stecken.«

Madame Fernande sagte nichts, und auch Thérèse schwieg. Es war besser, Schluß zu machen, und die kleine Gruppe zog über die Terrasse mit den grüngestrichenen Möbeln ab.

»Warum hast du nach dem Kind gefragt?« fragte Jean, ohne seine Frau anzusehen.

»Nur so.«

Sie kehrte zur Kasse zurück und drängte: »Gib mir schon die Speisekarte, damit ich anfangen kann.«

Sie schloß die Kasse auf und begann Rechnungen zu kontrollieren, während er unlustig *Langouste mayonnaise* hinschrieb, aber die Worte gleich wieder ausstrich. Er erinnerte sich, daß nicht mehr genug davon da war.

Schließlich begab er sich zum Kühlschrank, um nachzusehen.

Auf der Treppe wagte Arbelet, der seinen Strohhut in der Hand hielt, einen letzten Vorstoß.

»Sollten wir nicht noch einmal probieren, mit dem Onkel zu reden?«

»Nein. Ich wußte von Anfang an, daß nichts
dabei herauskommen würde. Das war so eine
Idee von dir.«

Sie betraten den sonnendurchfluteten Speisesaal, und Madame Fernande kam ihnen mit liebenswürdigem Lächeln entgegen.

»Sie werden doch nicht ohne zu essen wegfah-
ren! Es ist bald Mittagszeit. Sie müssen unbedingt
einen kleinen Imbiß bei uns einnehmen. Was darf
ich Ihnen als Aperitif bringen?«

»Danke, nichts. Wir fahren nach Hause«, wehrte
Germaine ab.

»Um halb zwei haben Sie einen direkten Autobus.«

»Die Kinder warten.«

Das stimmte nicht. Bei Marthe waren sie gut
versorgt. Hier waren die Tische mit schneeweiß
leuchtenden Tischtüchern gedeckt, und auf
dem Buffet standen Körbchen mit auserlesenen
Früchten.

»Mein Mann wird Ihnen ein feines, kleines
Menü zusammenstellen...«

»Danke, Madame. Wirklich nicht.«

Germaine war schüchtern und eher zu sehr als
zu wenig höflich, aber Madame Fernande drängte
nicht weiter. Auch sie war eine Frau, und der Ton,
in dem das *Wirklich nicht* gesagt wurde, hatte ihr
genügt.

Noch dazu dieses Lächeln – sollte es Dankbarkeit ausdrücken? Und der Blick auf den Mann und dann auf die Tür.

»Auf Wiedersehen.«

»Dann also auf Wiedersehen. Ich kann Ihnen nicht sagen, wie sehr wir den Zwischenfall bedauern.«

Sie kamen an der Bäckerei vorbei, wo sie am Pfingstmontag die Croissants gekauft hatten, und standen dann wartend an der Autobushaltestelle. Von hier aus übersah man die ganze Straße, die Pouilly zwischen zwei Reihen von Restaurants und Kaufläden durchquerte und dann ziemlich abschüssig in die Landschaft hinaus führte.

»Tut es nicht weh?« fragte Germaine.

»Nein.« Er verbesserte sich. »Ein klein wenig.«

»Steh nicht in der Sonne.«

Das Wirtshausschild mit dem weißen Roß hing mitten im blauen Himmel. Arbelet war das Herz schwer, er wußte nicht warum, und aus der Verwirrung seiner Gefühle tauchten noch trübere Empfindungen auf, bittere Überbleibsel eines alten, niemals verwundenen Grolls.

Wieder sah er die unförmige Gestalt des Onkels vor sich und fühlte den verachtungsschweren Blick auf sich ruhen – denn jetzt war er sicher, daß der Onkel ihn verächtlich von oben bis unten gemustert hatte.

»Ich habe ganz vergessen, die Rechnung zu verlangen!« rief er plötzlich.

Er hatte wirklich nicht daran gedacht, aber er fühlte sich auch nicht geneigt, ins Hotel zurückzulaufen und sein Versehen wieder gutzumachen.

»Das fehlte gerade noch!« rief seine Frau. »Wie spät ist es?«

Emile war verwirrt, als er aus der Schule kam und die Mutter nicht zu Hause fand. Marthe stand in einer weißen Schürze am Herd und kochte. Das war sonderbar – ebenso sonderbar wie gestern der Abend ohne Papa.

Und obwohl die Sonne hell in den Hof schien, wo Marthe die bunte Wäsche aufgehängt hatte, fand er das alles ein bißchen beunruhigend.

Im Autobus konnte man vor Lärm nicht reden. Sämtliche Köpfe wackelten im gleichen Rhythmus, den Blick starr auf die Straße gerichtet. Arbelet konnte wegen seiner Wunde den Hut nicht aufsetzen, und Germaine umklammerte mit beiden Händen die Tasche, die auf ihren Knien stand.

7

Wegen eines Geschäftsreisenden, der keine Lust zum Schlafengehen hatte, mußte man bis elf Uhr abend offen halten, und Monsieur Jean, der an diesem Tag an schlechter Verdauung litt, sah sich gezwungen, mit ihm eine Partie Jacquet nach der anderen zu spielen.

Endlich entschloß sich der Gast hinaufzugehen. Man hörte, wie er noch einmal die Tür von Nummer Sieben öffnete, um seine Schuhe zum Putzen hinauszustellen. Unten brannte nur noch eine Lampe. Monsieur Jean musterte die Flaschen über der Theke und überlegte, was er trinken sollte.

In der offenen Tür wartete Félix mit seiner Decke über den Schultern.

Der Wirt tat zuerst, als bemerkte er ihn nicht. Er wählte einen starken Schnaps und goß sich ein Glas voll ein.

»Was schaust du mich denn so an?« fragte er schließlich gereizt.

Félix starrte ihm unverfroren ins Gesicht: »Ich schaue Sie nicht an.«

Das stimmte beinahe. Er sah Monsieur Jean nicht an, er sah ihn nur zufällig, weil er eben in seinem Blickfeld stand. Aber er hatte eine Art, zu sagen: »Ich schaue Sie nicht an!«, die nur Blödheit oder Unverschämtheit sein konnte.

Monsieur Jean warf ihm einen bösen Blick zu, einen ganz kurzen, aber sehr üblen Blick, der von üblen Gedanken zeugte.

»Hast du getrunken?«

Er wandte sich ab, ohne eine Antwort abzuwarten, und löschte die letzte Lampe im Café aus. Im Hinausgehen sagte er:

»Wenn du dich nicht endlich entschließt, dich sauber zu halten, schmeiße ich dich demnächst hinaus.«

Er wußte, daß der Alte sich auf das verschossene Lederkanapee im Gang legen würde, wo tagsüber die nichtsahnenden Gäste Platz nahmen, und betrachtete angewidert die ausgelegene Kuhle. Dann zuckte er verdrossen die Achseln und ging, von schmerzhaften Magenkrämpfen gepeinigt, die Treppe hinauf.

Félix blickte ihm nach, bis er die letzte Stufe erreicht hatte. Dann ließ er seine zerlumpte Decke auf das Kanapee fallen, setzte sich und kratzte sich ausgiebig den Kopf und den Hals unter dem schmutzstarrenden Hemdkragen.

Der Trottel, dort oben! Hatte er ihm nicht auf den Kopf zugesagt, er hätte getrunken? Und das mit der Miene eines Herrn, der weiß, was er spricht, und dem man nichts vormacht.

»Ich muß wirklich einmal einen...«

Einen umbringen, natürlich! Aber aller Wahrscheinlichkeit nach nicht Monsieur Jean, sondern...

Er legte sich hin, dehnte und streckte sich stöhnend und knipste das Licht aus. Jetzt war alles dunkel, und man hörte im ganzen Haus kein Anzeichen von Leben, kaum das Knabbern und Rascheln der Mäuse in dem alten Gemäuer.

»Ich muß wirklich...«

Schon spürte er, daß »es« begann, daß heute »so eine« Nacht kommen würde. Er kämpfte nicht dagegen an, er wußte selbst nicht, ob er zufrieden oder erschrocken war.

Er ließ sich wollüstig gehen, während er unregelmäßig zu atmen begann und sein Gesicht schweißnaß wurde.

Monsieur Jean hatte vom Alkohol gesprochen, weil das für so einen Trottel am naheliegendsten war. In Wirklichkeit hatte Félix im Lauf seines Lebens soviel getrunken, bis zu einer ganzen Flasche Picon vor dem Frühstück, daß er heute

Alkohol nicht einmal mehr riechen konnte, ohne daß ihm übel wurde. Seit mindestens zehn Jahren trank er überhaupt nicht mehr, höchstens probierte er es hie und da mit einem Glas Wein, aber es ging nicht.

Übrigens brauchte er gar keinen Alkohol. »Es« kam ganz von selbst, so wie jetzt, nach bestimmten Tagen, aber es gab keine festen Regeln dafür. Er selber irrte sich manchmal. Die anderen hatten es meistens früher weg.

Der Patron hielt ihn dann für besoffen, so wie heut abend. Die alte Nine sah ihn an, als wäre er ein krankes Kind, und seufzte:

»Jetzt kommt dein Fieber wieder!«

Er hatte dann nämlich eine erschreckende Art, die Leute anzusehen. Zum Beispiel blieb er jäh vor ihnen stehen und starrte sie aus seinen unbeweglichen Pupillen an; oder er folgte ihren kleinsten Bewegungen und Gebärden, als hätte er noch nie einen lebenden Menschen gesehen.

Es war ihm unerträglich heiß, und dann lief ihm gleich wieder ein Schauer über den Rücken. Dabei war er ziemlich sicher, daß es nicht an der Temperatur oder am Wetter oder sonst einem Quatsch lag.

Die eigentliche Ursache war immer ein Schock, ganz gleich welcher Art. Ein zufällig aufgeschnapptes Wort, eine Nachricht, die er in der

Zeitung gelesen hatte, ein unerwarteter Anblick, alles, was einen aufregen konnte. Oder auch ein Feiertag, der vierzehnte Juli oder Weihnachten.

Heute hatte es viele Gründe zur Aufregung gegeben: Der Besuch seines Neffen und sein ganzes Gerede, dann die Geschichte mit der Uhr, die Gendarmen, Thérèse mit ihren dreckigen Schimpfreden...

»Ich muß wirklich einmal...«

Er hielt den Atem an, weil er etwas hörte, ein ganz leises Geräusch auf der Treppe. Er griff nach dem Schalter, knipste ihn an und runzelte die Stirn, als er sah, daß es Rose war, die mit den Schuhen in der Hand die Treppe herabkam.

»Was treibst du denn?« rief er halblaut.

»Ich muß noch einen Augenblick ausgehen.«

»Wozu?«

Sie zog sich seelenruhig die Schuhe an.

»Wirst du wohl antworten! Du gehst zu Thérèse, nicht wahr?«

Thérèse war zwar des Diebstahls angeklagt, aber vorläufig auf freiem Fuß belassen. Abends, während die Gäste bei Tisch saßen und alles beschäftigt war, war sie ins Haus gekommen.

Ohne sich um jemanden zu scheren, hatte sie das Restaurant durchquert, und war in ihre Kammer hinaufgegangen, um ihre Sachen zu holen.

In der Küche hatte Rose verkündet:

»Sie ist da!«

Und Monsieur Jean machte sich weiter am Herd zu schaffen, während Madame Fernande die Tische im Restaurant überwachte.

»Du gehst zu Thérèse, nicht wahr?«

»Das geht Sie nichts an.«

»Außer ich erzähl's dem Patron.«

»Dann erzähl ich ihm, daß Sie ein altes Schwein sind und uns jeden Morgen bespitzeln.«

Damit öffnete sie die Tür und verschwand in der Dunkelheit. Félix vergaß einen Moment lang, wieder auszulöschen. In Gedanken folgte er Rose. Sie konnte nur ins Café zur Brücke gegangen sein, denn um diese Stunde war sonst nichts mehr offen.

»Ich muß wirklich...«

Diesmal schaltete sein Gehirn viel schneller, als er erwartet hatte. Gewöhnlich brauchte es eine Weile, um sich auf eine bestimmte Person einzustellen. Monsieur Jean hatte er schon mindestens zehnmal umgebracht, der interessierte ihn nicht mehr. Da war Madame Fernande schon verlockender, weil sie eine feine, ruhige Dame war, und der Gedanke, sie splitternackt unter seinem drohenden Blick zu sehen...

Bevor Rose herunterkam, hatte er sich heute beinahe für seinen Neffen entschieden, der ja bestimmt einmal wieder auftauchen würde.

Aber jetzt hatte er geschaltet. Es war Rose! Und der Fall war um so ernster, als sie jeden Augenblick wieder erscheinen würde, in Fleisch und Blut...

Seine Haut war wieder feucht, er atmete mühsam. Dabei wußte er nicht, ob er die Augen offen oder geschlossen hielt. Jedenfalls sah er alles bis in die kleinste Einzelheit vor sich. Vor allem einmal mußte er das Handtuch holen, das hinter dem Buffet hing.

Dann würde er hinter die Tür treten und warten. Nicht lange! Thérèse hatte Rose offenbar kommen lassen, um ihr etwas anzuvertrauen oder ihre Pläne in Hinsicht auf den Prozeß zu schmieden. Um halb zwölf spätestens wurde das Café zur Brücke geschlossen, und Rose würde eilends zurückkommen, weil sie Angst hatte. Sie würde an der Tür kratzen, um nicht zu läuten und den Patron aufzustören.

Und dann...

Er erlebte alles ganz intensiv, machte in Gedanken jede Bewegung, der Reihe nach.

Jetzt lag Rose mit einem Knebel im Mund – das schmutzige Handtuch vom Buffet – anstelle von Félix auf dem Kanapee, und er stand vor ihr. Er ließ sich Zeit, denn jetzt konnte er mit ihr machen, was ihm beliebte.

Allerdings galt es da zu wählen, zu entscheiden, was am besten wäre, um nachher nichts zu bereuen. Er mußte das Maximum herausholen, sonst lohnte sich das ganze nicht.

Vielleicht daß...

Er war ja nicht wie die anderen, wie die Gäste, wie alle die Männer, die mit Rose herumschäkerten und in ihr nichts als ein schönes sechzehnjähriges Mädel, einen frischen, zarten Bissen sahen.

Er hatte sie in Augenblicken belauscht, in denen niemand anderer sie sah. Und obendrein hatte er einen besonderen Blick für die Menschen, er sah sie gleichzeitig in der Gegenwart und in der Zukunft.

Rose zum Beispiel sah er ähnlich wie Thérèse werden – verludert und verbissen. Das hörte man ihrer Stimme an, als sie drohte: *Dann erzähl ich ihm...*

Überhaupt ihre Stimme! Das war kein frisches, junges Ding mehr, sondern ein Mädchen auf der schiefen Bahn.

Thérèse hatte ihr verraten, daß Félix sie jeden Morgen durch seine Luke beobachtete, und sie hatte sich nicht geschämt. Im übrigen hatte sie sich rasch an die Forderungen von Monsieur Jean gewöhnt. Sie machte das so unbeteiligt, wie sie bei Tisch servierte.

... Félix mußte von vorn anfangen, dort wo er hinter der Tür wartete. Seine Gedanken waren abgeschweift. Die Inspiration hatte ihn verlassen, er sah Rose nicht mehr auf dem Kanapee liegen.

Also noch einmal, von Anfang an. Sie kratzte an der Tür, und er stand mit dem Handtuch in der Hand...

Warum sah er jetzt plötzlich Arbelet, der gleichsam erstaunt im Gang stand und ein Zimmer verlangte? Er vertrieb seinen Neffen – doch jetzt war es das verzerrte Gesicht von Monsieur Jean, mit dem tückischen Blick, den es an gewissen Tagen hatte.

»Ich muß wirklich einmal...«

Er wälzte sich schwerfällig auf die andere Seite, schlug die Augen auf und entdeckte wieder einmal, daß Arbelet Penders ähnelte. Oder glichen sich die beiden überhaupt nicht? Es war unwichtig, denn Félix spürte, daß es sich um ein und denselben Menschen handelte. Wenn er Penders mit aufgerissenem Mund unter seinem Baum liegen sah, war es eigentlich sein Neffe, der ihn flehend anblickte. Monsieur Jean hingegen war...

Er hörte draußen schnelle Schritte, achtete aber lange nicht darauf. Rose mußte eine ganze Weile an der Tür kratzen, bevor er sich mühsam hochwuchtete und zögernd Licht machte. Dabei brummte er:

»Ich muß wirklich einmal...«

Er hatte Schmerzen. Er wußte nicht, wo es ihm wehtat, er verzerrte das Gesicht wie ein gequältes Wesen. Endlich zog er die Kette weg, drehte den Schlüssel um und sah, wie der Türknopf von außen gedreht wurde.

Er stand unbeweglich nahe hinter der Tür, während Rose in einem Hauch frischer Nachtluft eintrat. Sie blieb erstaunt stehen, weil sie niemanden sah, bis sie Félix wie angeklebt am Türpfosten entdeckte.

»Was haben Sie denn?«

Er hielt beide Hände in den Taschen versenkt, die Nägel tief ins Fleisch gepreßt. Und er wußte nichts zu sagen als:

»Du hast dich...«

Ein rohes, eindeutiges Wort. Sie lachte frech.

»Warum nicht?«

Schon war sie an der Treppe und lief leichtfüßig hinauf, während Félix ohne einen Gedanken im Kopf die Kette wieder vorlegte und den Schlüssel im Schloß umdrehte.

»Ich muß...«

Seine Augen standen voll Wasser, seine Finger zitterten. Und während er sich in die Decke wickelte und das Licht auslöschte, schluchzte er beinahe auf.

»Werde ich denn nie...«

Das war grausam! Ungerecht! Er konnte einfach nicht. Nichts konnte er! Seine Gedanken drehten sich im Kreis, er war wie ein großes, schweres, krankes Tier, das an seine Käfigstangen stößt.

Hätte nicht irgendwer, nur ein einzigesmal, ihn ein klein wenig verstehen müssen?

Schön, er war nicht tot wie Penders! War das seine Schuld? Sie waren ja beide noch halbe Kinder gewesen, die von Tuten und Blasen keine Ahnung hatten. Sie sahen das Leben als Illustrationen in einem Bilderbuch!

Wenn Penders sich eine Kugel in den Mund geschossen hatte, war er vermutlich noch hungriger oder noch durstiger gewesen. Und Félix war so erschrocken, daß er ihm ganz blöd zugesehen hatte, ohne zu begreifen.

Das hatte er bei der Untersuchung nicht gestanden. Er hatte erklärt:

»Ich hatte ihm gerade den Rücken zugekehrt, da...«

Das war gelogen! Er erinnerte sich ganz genau. Penders hatte ihn gewarnt. Er hatte sogar gesagt:

»Wenn du lebend nach Frankreich zurückkommst, geh zu meiner Schwester...«

War nicht Penders der Schuldige? Er war an allem schuld, denn von da an hatte es für Félix kein normales Leben mehr gegeben.

Wenn er trank, sah man ihn angewidert an.

Wenn er mit einer Negerin lebte, weil keine Weiße ihn haben wollte, taten die Leute, als müßte ihnen übel werden.

Und der Gipfel: Als er Croupier in Paris war, hatte man ihn hinausgeschmissen, weil er schlecht aus dem Mund roch!

War das gerecht? Gehörte es sich, daß ein beliebiger Kerl, ein Mensch, der zufällig vorbeiging...

»Ich muß wirklich einmal...«

Würde er diesen Satz wie ein armer Idiot lebenslänglich wiederholen und nicht den Mumm aufbringen, einer dummen, kleinen Rotznase den Hals umzudrehen, wie einem Huhn?

Er hatte Fieber. Jetzt war es wieder da. Er würde den Wagen des spielfreudigen Geschäftsreisenden nicht waschen können und Schimpfe bekommen.

Und morgen mußte er dann auf seinem Strohsack liegen bleiben, abwechselnd von glühender Hitze und Schüttelfrost gequält, mit einem endlosen Dröhnen im Kopf.

Wer würde ihm sein Essen bringen? Thérèse war nicht mehr da. Rose fürchtete sich vielleicht vor ihm – und wenn schönes Wetter war, würde man überhaupt kaum mit den Gästen fertig werden.

Männer, Frauen, die im Auto vorbeirasten...

Zur gleichen Stunde lag Monsieur Jean neben seiner Frau in dem breiten Nußbaumbett. Wenn er ein wenig fiebrig war, wenn er nur lauter atmete, wachte sie sofort auf und bewog ihn sanft, sich auf die andere Seite zu drehen.

Ob sie sich morgens, wenn er das Zimmer verließ, vielleicht nur schlafend stellte? Weinte sie am Ende heimlich, während er sich mit den Mägden vergnügte?

Brauchte sie darum so lange zu ihrer Toilette? Weil sie geweint hatte und die Spuren verwischen mußte? War ihr Gesicht darum so verdächtig rosig, wenn sie hinunterkam?

Félix schlief nicht. Er schlief nie. Er lag nur mit geschlossenen Augen da und dachte auf eine andere Art nach – in ruckweisen, unzusammenhängenden Bildern.

Doch er verlor keinen Augenblick das Bewußtsein, daß er dick, schwer und schmutzig hier auf dem Lederkanapee oder auf seinem Strohsack über der Garage lag.

Es kam vor, daß er ein tierisches Knurren ausstieß, die Augen aufschlug und auf einen bestimmten Punkt im Raum starrte, ohne aus seiner Betäubung zu erwachen.

Er hätte Chinin einnehmen können, wie andere Leute, die in den Kolonien gelebt hatten, aber da wäre sein Fieber gesunken, und das Fieber war ungefähr sein einziger Besitz.

Zum Schluß konnte er dann spüren, wie jeder einzelne Schweißtropfen sich anstrengte, eine Pore zu erweitern, herauszuquellen, wie er auf der Haut zögerte, ehe er sich mit den anderen vereinte. Er war überzeugt, daß er die Arbeit seiner Eingeweide verfolgte, bis zu den Fehlzündungen eines gealterten Herzens, das niemals glatt gelaufen war.

Trotzdem – obwohl er die längste Zeit wie ein streunender Hund gelebt, sich von Unrat genährt, irgendwo im Dreck geschlafen und sämtliche Krankheiten erwischt hatte, war er mit seinen dreiundfünfzig Jahren doppelt so stark wie so ein Arbelet mit fünfunddreißig!

Durch und durch verfault, ja, aber stark. Es gibt solche Bäume und sie widerstehen der Zeit länger als die anderen.

Eine Tür ging, die Toilette im ersten Stock. Vielleicht der Geschäftsreisende, der so gern Jacquet spielte? Oder Monsieur Jean mit Bauchweh?

Wenn er lautlos hinaufginge, dem anderen im dunklen Korridor auflauerte?

»Ich muß doch einmal...«

Das Schlimmste war die Art, wie Penders es getan hatte. Aber damals schien es ganz natürlich zu sein – nicht anders als ein Telefonanruf.

Sie hatten schon längst nicht mehr die Kraft, miteinander zu reden oder weiterzugehen, und dachten nur noch daran, ob man wohl eine Such-kolonne nach ihnen ausschicken würde. Penders saß, mit dem Rücken an einen Baum gelehnt, auf der Erde. Plötzlich seufzte er auf.

»Ich kann nicht mehr… Ich kneife…«

Und er fügte hinzu:

»Wenn du lebend nach Frankreich zurück-kommst, geh zu meiner Schwester…«

An den Auftrag selbst erinnerte Félix sich nicht mehr. Es war etwas ganz Banales – daß sie seine Uhr einem Freund schenken sollte, oder so etwas.

Er zog seinen Revolver aus der Hülle. Es war ein Trommelrevolver. Er nahm alle Kugeln her-aus, legte sie wieder an ihren Platz und steckte versuchsweise den Lauf in den Mund.

Félix konnte nicht ahnen, daß es so schnell gehen würde. Penders nahm den Lauf wieder aus dem Mund, betrachtete ihn mit einer Grimasse, vielleicht weil er schlecht schmeckte, und in der nächsten Sekunde feuerte er den Schuß ab.

Das war alles.

Félix richtete sich schwankend auf, denn nach sol-chen Nächten trugen ihn seine dicken Beine nicht. Er ließ die Decke zu Boden gleiten, löste die

Kette, drehte den Schlüssel im Schloß und öffnete die Tür, so daß die Sonne eindrang.

Eigentlich hätte er jetzt die Abfalleimer hinaustragen sollen, aber er hatte nicht die Kraft dazu.

Er wußte nicht, ob er hungrig war oder ob ein anderer Schmerz in seiner Brust und seinem Bauch wühlte.

Oben rührte sich etwas. Er drang bis in die Küche vor und war erstaunt, sich der dicken Nine gegenüberzusehen.

»Was tun Sie denn hier?« fragte er.

»Nichts...«

Sie war nur ein paar Minuten früher dran als sonst, aber es traf ihn wie ein außergewöhnliches Ereignis.

Nein, ihm war nicht gut. Er mußte sich beruhigen. Der Hund zerrte an seiner Kette.

»Ich geh mich hinlegen.«

»Das Fieber?«

Er antwortete nicht, durchquerte die Garage und kletterte seine Leiter hinauf. Zweimal mußte er anhalten. Er hatte plötzlich das Gefühl, sehr krank zu sein. Vielleicht war es diesmal das Ende.

Der Gedanke machte ihm Angst, und darum stieg er justament auf die zwei Kisten, um Rose zu sehen, um zu wissen, ob der Patron sie heute besuchte, um...

Nach dem ersten Blick aus seiner Luke verhärteten sich seine Züge.

Rose hatte ihr Fenster mit einem Handtuch und einem alten Rock verhängt. Man konnte nicht in ihre Kammer sehen.

»Ich muß wirklich…«

Jetzt blieb ihm nicht einmal das! Und in der Nacht war er blöd genug gewesen, um…

Er setzte sich auf den Rand seines Strohsacks. Er vergaß, sich hinzulegen. Penders hatte auch gesessen, als…

Er fühlte das Bedürfnis zu schreien. Er schrie. Aber er rief nur: »Nine! Nine!«

Mehr brauchte der Hund nicht, um loszubellen. Félix mußte warten, bis seine Stimme wieder zu vernehmen war.

»Nine! Nine! Es muß jemand heraufkommen!«

Er zitterte. Er hatte Angst. Unten bei den Autos rührte sich etwas.

»Hier oben! Ich bin krank! Jemand muß heraufkommen!«

Er glaubte zu spüren, daß sein Schweiß kälter wurde, und bei dem Gedanken, immer weiter zu erkalten…

Nine konnte nicht auf die Leiter steigen.

»Ich geh Monsieur Jean rufen!« schrie sie von unten.

Und wenn jetzt die Atmung versagte?

Er hatte solche Angst, daß er sich nicht hinzulegen wagte. Die Toten lagen...

Die Hand auf das pochende Herz gepreßt, wartete er, angespannt lauschend. In der Garage
krähte ein Hahn, zwei Höfe weiter antwortete ein
anderer.

8

W as fehlt ihm denn?« fragte Mélanie, während sie mit großem Krach die Teller aufeinandertürmte.

Nine mit ihrem blassen, aufgedunsenen Gesicht, um das die Morgensonne einen Heiligenschein webte, antwortete kopfschüttelnd:

»Es ist sein Fieber!«

Als ob das Fieber ein persönlicher Besitz wäre. Wenn sie sich mit ihren quietschenden Pantoffeln in die Küche schleppte, hieß es auch:

»Es sind ihre Beine.«

Bei den anderen heißt es »ihr« Bauch, »ihre« Augen.

Doch es lohnte sich nicht, Mélanie lange Erklärungen abzugeben. Sie dachte schon nicht mehr an Félix. Sie hatte nach ihm gefragt, weil sie durchs Küchenfenster das kleine, graue Auto von Doktor Chevrel erblickte, das im Hof, gerade auf der Trennungslinie zwischen Schatten und Sonne stand.

Mélanie gehörte beinahe zum Haus. Sie wohnte mit ihren vier Kindern in der zweiten Straße links, und wenn man eine Aushilfe brauchte, rief man sie. An Feiertagen kam sie von selbst. Sie kannte sich aus, sie wußte, wo alles stand, und sprach wie eine Dazugehörige.

»Ich an seiner Stelle hätte sie nicht vor die Tür gesetzt. Monsieur Jean hätte sich mit ihr arrangieren sollen. Jetzt läuft sie im ganzen Ort herum und erzählt Geschichten. Wenn der Vater von der Kleinen nur die Hälfte zu Ohren bekommt...«

Es war ein besonders strahlender Morgen. Stellenweise hätte man meinen können, daß die sonnendurchwärmte Luft tatsächlich nach Honig schmeckte. In der Küche surrten mindestens zehn Wespen um Mélanie herum.

Mélanie arbeitete wie ein Pferd, das seine Karre zieht, ohne auszusetzen, ohne nachzudenken, immer geradeaus weiter, mit gewaltigem Lärm.

Außergewöhnlich war, daß Madame Fernande heute früher als sonst erschien, wie immer frisch und wie aus dem Ei gepellt, mit ihrem gewohnten leisen Lächeln. Und noch außergewöhnlicher war es, daß sie zuerst in die Küche kam.

»Guten Morgen, Nine, guten Morgen, Mélanie. Ist der Doktor noch da?«

Erst dann ging sie zu ihrer Kasse im Restaurant.

Das Lieferauto des Fleischers hielt gerade vor der Tür. Der Tag versprach, sehr heiß zu werden. Der Asphalt glänzte wie lackiert, und die Straße roch nach Teer.

In der Garage scharrten die Hühner. Zwei liefen hintereinander her und sagten sich kräftig die Meinung.

Monsieur Jean kam als erster die Leiter herunter, der Doktor folgte ihm vorsichtig, um sich möglichst wenig zu beschmutzen. Unten angelangt, klopfte er die Hose mit der Hand ab und rieb sich die Finger mit dem Taschentuch.

»Wie er es nur in dem Schmutz aushält!«

Der Wirt antwortete:

»Wenn ich ihm ein anständiges Zimmer gebe, sieht es nach ein paar Tagen genauso aus. Er tut es absichtlich.«

Sie blieben beide in der Garagetür stehen und blickten in den sonnigen Hof hinaus, wo der Hund an der aufs äußerste gespannten Kette sie erwartungsvoll beobachtete, als erhoffte er sich etwas – vielleicht nur ein freundliches Wort?

»Na, was halten Sie davon?« erkundigte sich der Wirt verdrießlich.

Der Doktor war noch jung, aber er hatte schon viele Menschen sterben gesehen, meistens durch ihre eigene Schuld.

»Ein schwerer Malariaanfall.«

»Wird er davonkommen?«

»Einmal wird er nicht davonkommen, aber man kann nicht sagen wann.«

Oben hatte sich Félix mit klebriger Haut und stieren Augen von seinem Strohsack aufgerafft und war bis an den Rand der Leiter gekrochen, um zu horchen. Er sah die Umrisse der beiden Männer wie einen Scherenschnitt in der hellen Türöffnung. Der Wirt hielt die Hände in den Hosentaschen. Der Doktor zündete sich eine Zigarette an, deren Rauch wie ein hauchfeines Gespinst über den Erdboden zog.

»Was kann man machen?« fragte der eine.

»Chinin«, antwortete der andere, den der Fall kalt ließ. Nach kurzem Zögern fügte er hinzu: »Sie täten besser daran, ihn ins Spital zu schicken. Der Mann ist durch und durch krank. Eines schönen Tages wird sein Zustand kritisch werden, vielleicht wird er nicht mehr transportfähig sein.«

Félix lag oben auf dem Bauch, um besser zu hören. Ein Brett krachte unter seinem Fuß. Die beiden Männer hörten das Geräusch, achteten aber nicht darauf.

»Und stellen Sie sich das vor – ein Schwerkranker in einem Betrieb wie Ihrem…«

Félix hielt den Atem an, damit man ihn unten nicht hörte. Der Doktor tat einen Schritt auf seinen Wagen zu und blieb noch einmal stehen.

»Falls das Chinin nicht genügend wirkt, rufen Sie mich an. Ich komme dann vorbei und mache ihm eine intravenöse Injektion.«

»Hat er auch Syphilis?«

»Ich glaube nicht, ich habe ihn nicht daraufhin untersucht. Übrigens behandelt man heute akute Malariaanfälle auf die gleiche Art.«

Erstaunlicherweise hatte Madame Fernande die Bestellung beim Fleischer erledigt, ohne ihren Mann zu rufen. Sie hatte sogar einen Gast bedient, der ein Glas Bier verlangte, denn Rose mußte oben die Zimmer machen.

Als der Doktor die Autotür öffnete, war Jean zu einem Entschluß gekommen.

»Ich möchte Sie noch etwas fragen – meinetwegen«, murmelte er mit abgewandtem Blick. »Könnten Sie einen Augenblick hinaufkommen?«

Félix legte sich nicht wieder hin, obwohl es nichts mehr zu hören gab. Er hielt sich nur mühsam aufrecht, aber er betrachtete seinen Strohsack mit Grauen. Wenn er sich gehen ließ, sich dort hinlegte, würden sie kommen und ihn mit Gewalt ins Spital schleppen.

Vorläufig setzte er sich auf den Rand, stützte die Ellbogen auf die Knie und legte seinen schmerzenden Kopf in die Hände. Bald begann er sich hin und her zu wiegen, von rechts nach links, von links nach rechts, als schlingerte er auf dem Meer, auf einem flachen, spiegelglatten Meer, er wußte nicht mehr wo, von einer unsichtbaren Dünung bewegt, die einen seekrank machte. Gleichzeitig hörte er die Hühner gackern und die Fliegen summen, er hörte die Autohupen auf der Straße, mehr oder weniger entfernte Stimmen, alles ganz deutlich, aber wie in einer anderen Welt.

Er nahm seine ganze Energie zusammen.

»Jetzt steh ich auf.«

Dann gab er noch ein paar Minuten zu, um auch seine letzten Kräfte zu sammeln.

»Ich muß aufstehen... Sonst kommen sie, diese Schweine...«

Ihn fror. Er hatte schon nichts mehr zu trinken. Die geschlossenen Augen in den Händen verborgen, wußte er nicht recht, was er sah, Landschaften, die vielleicht nicht wirklich waren oder aus wirklichen Stücken zusammengesetzt, die sich bewegten und überschnitten, ineinander verschmolzen, Lichter, Farben, ein stechender Schmerz in der linken Seite, und immer dieses Schlingern, so daß er das Wasser, das er morgens getrunken hatte, plötzlich erbrechen mußte.

Danach tränten ihm die Augen, aber er weinte nicht. Er klammerte sich an eine der Kisten, die er jeden Morgen zu erklettern pflegte, um Rose zu beobachten.

Er mußte warten. Der Anfall würde vorübergehen. Er durfte sich nur nicht hinlegen, sich nicht gehen lassen.

Wieder wiegte er sich hin und her wie ein Bär. Vorhin hatte der Doktor ihn scherzhaft angerufen: »Na, wie geht's, alter Dickhäuter?«

Plötzlich fragte er sich, was klüger wäre. Wenn er aufstand und in den Hof hinunterging, würden sie das vielleicht ausnützen, um ihn in einen Wagen zu stecken und ins Spital zu befördern?

Wenn er hingegen auf seinem Strohsack liegenblieb, sich mit aller Kraft daran klammerte und sich starrsinnig weigerte, ihn zu verlassen – würden sie es wagen, ihn mit Gewalt wegzuschaffen?

Aber wenn er einen geladenen Revolver hätte? He? Was konnten sie ihm dann antun?

Einen Revolver... Er wußte, wo einer zu finden war: In der Theke drinnen, in der dritten Schublade.

Fast hätte er gelacht. Jetzt mußte er nur auf einen günstigen Augenblick warten, sich einen Ruck geben...

Und dann... Dann...

Er fühlte sich dermaßen erleichtert, und die Schaukel flog so weit hin und her, daß er einschlief.

An einem Tag wie heute konnte man mit Leichtigkeit auf dreißig Mittagsgäste kommen, und es stand noch nichts auf dem Herd. Mélanie war gerade mit dem gestrigen Geschirr fertig geworden und wischte flüchtig die Küche auf, die nicht sehr sauber war. Als sie den Patron mit dem Doktor hinaufgehen hörte – es war der Doktor, der sie die beiden letzten Male entbunden hatte – fragte sie Nine:

»Was fehlt ihm denn? Ist er auch krank?«

Die Autos jagten vorbei, immer neue Autos, und die gleißenden Karosserien wirkten so luxuriös und fröhlich, daß jeder Lust zum Mitfahren bekam.

Madame Fernande sah sie von der Kasse aus, wo sie über ihren Abrechnungen saß, runzelte aber nur die Stirn, wenn eines anhielt.

»Mélanie!« rief sie in die Küche. »Sagen Sie doch Rose, sie soll herunterkommen, auch wenn sie mit den Zimmern nicht fertig ist. Man muß die Tische decken. Und machen Sie sich auch selber zurecht.«

Zwei-, dreimal blickte sie zur Decke hinauf. Dann wunderte sie sich, daß der Doktor ihr nur von weitem zuwinkte, statt noch einmal heranzukommen und sich zu verabschieden.

Ein ganz leiser Schauer lief ihr über den Rücken, und sie mußte sich zusammennehmen, um bei ihrer Arbeit zu bleiben. Als ihr Mann an ihr vorbei in die Küche ging, hob sie kaum den Kopf.

Wenn sein Magen nicht in Ordnung war, wurde sein Teint bleifarben, er hatte dunkle Ringe um die Augen und eine verdrossene Miene. Daran war sie gewöhnt – aber als er jetzt vorbeiging, sah er erschreckend aus. Er biß die Zähne zusammen, seine Haut war wachsbleich und sein Blick so starr, daß man meinte, er würde stolpern, weil er nicht sah, wo seine Füße hintraten.

»Jean!«

Ihr Ton war gleichzeitig bittend und fest. Er zuckte zusammen, schien weitergehen zu wollen.

»Schließ die Tür!«

Die zur Küche, denn alle anderen Türen standen ständig offen. So lebten sie ja – zwischen offenen Türen und fremden Leuten.

Sie saß hinter ihrer Kasse, er stand vor ihr und wartete.

»Was hat er dir gesagt?«

Am liebsten hätte sie geschwiegen, seine Antwort nicht abgewartet. Ihr Körper hatte Angst. Es war erschreckend, eine Frage an dieses fahle Gesicht zu richten, an diese Augen besonders, die chaotische Bilder zu sehen schienen.

»Was meinst du?« brachte er hervor.

Er bemühte sich, boshaft zu sein, aber seine Not war zu groß, es gelang ihm nicht. Er trug seine Kochhose aus kleinkarierter, blauweißer Baumwolle und seine weiße Kochjacke, die an den Ellbogen geflickt war. Es fehlte nur noch die hohe weiße Mütze.

Seine Frau sah ihn an, wie sie ihn noch nie angesehen hatte, flehend und angstvoll zugleich.

»Es ist also so?« stammelte sie.

»Wovon redest du?«

»Das weißt du doch...«

Ein Zittern durchlief ihn, er senkte den Kopf. Sie fuhr fort:

»Thérèse ist krank, nicht wahr?«

Er war nicht imstande zu antworten, darum stürmte er in die Küche, riß die Ofentür auf, schürte wild in der verbackenen Kohlenglut herum, daß die Flammen aufloderten.

In dieser Beleuchtung schien er nicht so bleich. Plötzlich wandte er den Kopf zum Fenster, wo Nine saß. Es schien ihm, daß sie ihn ebenfalls ganz eigentümlich angesehen hätte.

»Was ist denn heut los, he?«

Er mußte die alltäglichen Bewegungen vollführen, sich an etwas anklammern, sonst wäre er imstande gewesen, laut zu heulen – vor Wut, vor Angst, vor Verzweiflung. Er öffnete den Kühlschrank. Dann steckte er den Kopf in den Speisesaal.

»Hast du das Kalbfleisch bestellt?«

»Ja.«

»Wir hatten es vorgestern auf der Speisekarte...«

Das Telefon. Die Stimme seiner Frau.

»Gern, Monsieur Chapuis... Gewiß, Monsieur Chapuis...Natürlich...Also für acht Personen?... Danke, Monsieur Chapuis, gute Fahrt!«

Er guckte wieder hinein.

»Monsieur Chapuis hat von Fontainebleau aus angerufen. Sie wollen zeitig zu Mittag essen – acht Personen. Er hat Fischkroketten bestellt und gebratene Nieren.«

Rose kam herunter. Sie war sich mit dem Kamm durchs Haar und mit einem nassen Handtuch übers Gesicht gefahren. Madame Fernande sagte freundlich:

»Acht Gedecke für Monsieur Chapuis, einen Fenstertisch. Sind heute keine Blumen gekommen? Du mußt dann zu Billon hinüberlaufen, welche holen.«

»Ja, Madame.«

Um irgend etwas zu tun, füllte Madame Fernande eine Wasserkaraffe und ging die Lorbeerbäume auf der Terrasse begießen – dreimal machte sie den Weg. Beim drittenmal glaubte sie oben an der Ecke eine Polizeiuniform zu erkennen und daneben die Gestalt von Thérèse.

Die leeren Stunden waren vorüber. Das erste Auto hielt an. Zwei Herren und eine Dame stiegen aus. Sie hatten es eilig, wieder wegzukommen, um heute noch Nizza zu erreichen, und verlangten nur Sandwiches.

Rose lief flink hin und her. Mélanie, die alle im Haus um zwanzig Zentimeter überragte, deckte ungeschickt die Tische. Sie hatte ihre Holzschuhe gegen schwarze Filzpantoffeln vertauscht, weil sie angeblich in normalen Schuhen nicht gehen konnte.

In einem einsamen Hof jenseits der Loire untersuchte Doktor Chevrel einen alten Mann, der im Sterben lag.

Monsieur Jean, dem die Kehle immer noch wie zugeschnürt war, durchquerte den Saal und betrat das Café; als er sich unerwartet Félix gegenübersah, fuhr er heftig zusammen und vermochte im ersten Augenblick kein Wort hervorzubringen. Der Alte, der noch in seine zerlumpte Decke gehüllt war, sah wirklich zum Fürchten aus, wie ein Gespenst.

Zum Fürchten oder zum Lachen.

»Was treibst du hier?«

»Nichts...«

»Was hast du hier zu suchen? Warum bleibst du nicht liegen?«

Statt aller Antwort lachte Drouin höhnisch auf. Während der Wirt sich ein Gläschen einschenkte – einen hellgrünen Aperitif – zog sich der Alte rücklings zur Tür zurück und taumelte durch den Hof.

Hinter dem Küchenfenster war Nines dickes, verschwommenes Gesicht zu sehen. Félix zog mit hämischem Grinsen einen großen Dienstrevolver ein Stückchen aus seiner Tasche, einen Trommelrevolver, ähnlich wie der von Penders.

Dann ging er hochbefriedigt weiter. Er hatte ihr einen tüchtigen Schrecken eingejagt! Sie sah ihn im Dunkel der Garage verschwinden.

»Bist du drinnen, Jean?«

Von ihrem Platz aus konnte Madame Fernande nicht hinter die Theke im Café sehen, und heute war so ein Tag, an dem jeder wissen wollte, wo der andere wäre.

»Was machst du?«

»Ich trinke ein Glas Wein.«

Das war gelogen. Er trank Pernod, beinahe pur, obwohl es ihm widerstand und er wußte, daß er es mit Magenkrämpfen würde büßen müssen. Er sah Thérèse auf dem jenseitigen Trottoir, das im Schatten lag, vorübergehen. Sie blieb zum Trotz vor der Pferdemetzgerei stehen, um mit dem Metzgerburschen zu schwatzen.

»Mir scheint, es riecht angebrannt...« sagte Madame Fernande.

»Ich komme schon.«

Tat er es instinktiv? War ihm eine Erklärung für die Anwesenheit von Félix eingefallen? Jedenfalls zog er mechanisch die dritte Schublade auf und stellte fest, daß der Revolver nicht mehr dort lag. Er wollte an der Kasse vorüberflitzen, aber wieder hielt ihn ihre Stimme fest.

»Jean...«

»Was denn?«

»Hör zu... Ich sehe ja, daß du dich quälst... Aber du weißt doch, daß es nicht so schlimm ist. Heutzutage heilt man das aus.«

Chevrel hätte mit ihr sprechen sollen, nicht mit Jean! Sie hätte ihn vorbereitet, ihm alles schonend beigebracht.

Jetzt antwortete er mit boshaftem Lachen:

»Ach? Wirklich?«

Sie wollte noch etwas sagen, sah sich im Saal um und wartete, bis die Betroffene nichts hören konnte. Sie mußte sich beeilen. Überall waren Leute, und obendrein würden bald die Gäste eintreffen.

»Ihr – sag lieber nichts!«

Er hatte verstanden. Er sah, daß der Blick seiner Frau auf Rose ruhte.

»Das werde ich besorgen.«

Er mußte noch die Fischkroketten und die Nieren für acht Personen zubereiten.

Das Enervierendste war, daß ihm nichts entging. Er wußte, welches Gesicht die Leute hinter seinem Rücken machten.

Sogar Nines friedliche Miene war heute anders als sonst!

»Was hast du denn? Kannst du nicht ant-worten?«

»Ich hab doch nichts, Monsieur Jean!«

Er fuhr sich mit der Hand übers Gesicht – eine krampfhafte Bewegung, die er heute ständig wie-derholte.

»Warum schaust du mich so an?«

»Ich schau Sie ja gar nicht an, Monsieur Jean!«

Und wenn er alles stehen und liegen ließe? Eine volle Stunde lang dachte er an nichts anderes, während er an seinem Tisch, an seinem Herd herumhantierte.

Einfach stehen und liegen lassen…

Der Satz ließ sich ebensowenig vertreiben wie jener andere Satz, der von Félix: »Ich muß wirk-lich einmal…«

Alles stehen und liegen lassen! Fernande! Das Weiße Roß! Einfach alles! Was würden wohl die Leute sagen? Die Leute, die im Auto vorbei-jagten und es immer mit dem Essen so eilig hatten, was würden die sagen, wenn sie so wie er am Rand der Route nationale festsäßen?

»Noch die Blumen für den Achtertisch, Rose. Monsieur Chapuis bringt eine Gesellschaft mit.«

Sie ging selbst hin, um die Blumen zu arrangie-ren und stand dicht neben Rose, die Servietten faltete und fächerförmig in die Gläser steckte.

Doch mit dem Gespräch ließ sich Madame Fernande Zeit. Bei Rose kam es nicht auf eine Stunde oder einen Tag an.

»Du mußt noch ein paar Eimer Wasser über das Trottoir gießen. Aber nein, laß nur, das kann Mélanie machen.«

Rose blickte die Chefin verwundert an. Ihre Stimme klang ungewöhnlich lieb und sanft.

Niemand begriff, was Félix trieb. Allerdings hatte jetzt jeder mit seiner eigenen Arbeit alle Hände voll zu tun, jeder lief mit Schüsseln, Gläsern und Tellern herum.

Das Lokal begann sich zu füllen, der Lärm schwoll an, es herrschte eine naiv fröhliche Ferienstimmung.

Félix hatte zuerst aus einem Wandschrank die großen blauen Emailkrüge hervorgeholt, die für die Zimmer ohne fließendes Wasser gebraucht wurden, die sogenannten Kurierzimmer im Anbau. Er füllte drei davon randvoll mit Wasser und schleppte sie mühsam, unter häufigem Anhalten, in seinen Verschlag hinauf.

Man hätte ihn für betrunken halten können, so verloren schwankte er herum. Es kam vor, daß er volle zehn Minuten irgendwo stehen blieb, ohne auch nur den schweren Krug abzusetzen, als sei er plötzlich an allen Gliedern gelähmt. Dann taumelte er wieder weiter.

Nine konnte ihn von ihrem Platz aus am besten beobachten. Die Sonne stand hoch und beleuchtete nicht mehr ihre Haare und ihren Körper, sondern schien nur noch auf die Beine, die stets in unförmige Lumpen gewickelt waren.

Monsieur Jean seinerseits sah Félix vor dem geöffneten Kühlschrank stehen, dachte aber, daß er wie gewohnt irgendwelche Reste zum Essen suchte.

Als er zum letztenmal durch den Hof ging, wußte er kaum mehr, wo er war, in seinem Kopf drehte sich alles. Er sah den Hund an, der Hund sah ihn an. Félix dachte:

»Das ist vielleicht das letztemal...«

Das letztemal – was?

Er erinnerte sich, daß man ihm einmal aufgetragen hatte, die Hundehütte gründlich zu säubern. Da hatte er unter dem Stroh massenhaft abgenagte Knochen und verschimmelte Brotreste gefunden, also sozusagen Vorräte, die das Vieh sich angelegt hatte.

Oben in seinem Loch, das keine richtigen Wände und nicht einmal ein Geländer gegen die Garage zu hatte, stellte der Nachtwächter alles, was er zusammengelesen hatte, schön ordentlich rund um seinen Strohsack auf oder vielmehr zwischen den Strohsack und die Mauer.

Drei Krüge Wasser – eine ganze Wurst – ein

Schinkenbein, das noch Fleisch für drei Mahlzeiten lieferte – einen Laib Brot – Biscuits...

Er streichelte liebevoll den Revolver und war drauf und dran, ihn auszuprobieren, um seiner Sache ganz sicher zu sein.

»Ich muß wirklich einmal...«

Aber er besann sich und wandelte sein Leitmotiv um:

»Und jetzt...«

Er hatte nicht die Kraft, jetzt gleich sein Chinin zu schlucken und ließ sich auf den Strohsack fallen. Da lag er schwer keuchend, mit offenem Mund und schlaff herabhängendem Arm.

Eine Viertelstunde später hätte man nicht sagen können, ob er röchelte oder nur im Schlaf schnarchte, und wie bei manchen Hunden waren seine Lider nicht fest geschlossen, sondern ließen ein wenig Weiß sehen.

9

Ich frage mich, ob es nicht in der Familie liegt«, sagte Madame Brochard eben.

Das Gespräch drehte sich um ihren Bruder Félix. Sie hatte das traurige Thema noch längst nicht erschöpft, aber ihr Blick fiel zufällig auf die Japannelken, die ein Gartenbeet säumten, und sie fragte:

»Wo hast du die Samen gekauft? Bei Berthelot?«

»Nein, wir gehen immer zu Van Damm.«

Madame Brochard vermochte nicht lange die Spannung einer ernsthaften oder unangenehmen Unterhaltung zu ertragen. Ihr Instinkt schützte sie. Er ließ sie einen Gegenstand, den sie die ganze Zeit vor Augen hatte, plötzlich neu entdecken und wie durch eine Lupe vergrößert sehen, so daß er alles andere verdrängte.

Das war für sie eine Art Erholungspause. Sie lächelte unwillkürlich der Sonne zu, die mit ihren heißen Strahlen die Luft über den farbenfrohen Nelken erzittern ließ – wie Wasser, das gleich kochen wird. Undeutliche Bilder zogen an ihrer Netzhaut vorüber, mächtige Schwingungen belebten das Himmelsblau.

So wie man bei klarem Wetter bis auf den Meeresgrund hinabsieht, hatte man das Gefühl, daß man von hier aus bis auf den Grund der Welt hören könnte: Geräusche, die an anderen Tagen nicht wahrnehmbar waren, Türen, die viele Straßen entfernt auf- und zugemacht wurden, ein Kind, das jenseits der Kaserne weinte, die mechanische Säge des Schreiners, der den Tisch der Arbelets repariert hatte, das schrille Geschrei der Pause in einer weit entfernten Jungenschule...

Die Töne liefen hintereinander her, vermischten sich, flossen zusammen, um sich wieder zu trennen. Madame Arbelet hörte aus diesem Chaos nur einen dominierenden, durch eine kurze Stille isolierten Ton heraus, dessen Sinn sie kannte.

So war auch der Garten für sie etwas Festes, Beständiges, wie eine Fotografie.

Die Frauen saßen an der Rückwand des Hauses, die aus weniger schönen Ziegeln erbaut war als die Fassade. Heller Kies auf dem Boden, ein Tischchen, zwei Gartensessel, zwei Liegestühle und ein großer roter Ball, der Christian gehörte.

Die Beete waren mit großen Feldsteinen umsäumt, die man von den Sonntagsspaziergängen heimzubringen pflegte. Nelken, rechts der Pflaumenbaum. Auf beiden Seiten trennten niedrige, weißgekalkte Mauern dieses Rechteck von fünfzehn Metern Länge und sechs Metern Breite von anderen ähnlichen aber fremden Rechtecken, von anderen Häusern, deren Hinterfront ebenfalls aus Ziegeln zweiter Wahl erbaut war.

Germaine Arbelet nähte. Christian saß auf dem Boden und spielte mit einem Bilderbuch, das auf einem Stuhl lag; er hatte stets das Bedürfnis, den Dingen eine andere Bestimmung zu geben, und der Stuhl war für ihn ein Lesepult.

Madame Brochard trug ihr bestes Kleid, ihre Kamee und ihren Rubinring.

Der Zauber der Nelken verblich. Die Erholungspause war zu Ende.

»Wovon haben wir doch gleich gesprochen? Ach ja...«

Die Tochter war schon daran gewöhnt.

»Und du glaubst wirklich, daß man da nichts tun kann?«

»Gar nichts. Ich habe nie viel darüber gesprochen, aber dein Großvater war auch ein bisschen sonderbar – nur auf andere Art. Er pflegte zum Beispiel unvermittelt zu verschwinden, ohne jemandem ein Wort zu sagen. Man suchte überall nach ihm – und eines schönen Tages kam dann ein Brief vom anderen Ende von Frankreich, darin stand, daß Mama mit uns Kindern zu ihm fahren sollte.«

Eine kurze Stille. Ein Traum schwebte vorbei, sie hatte nicht Zeit, ihn festzuhalten.

»Und weil er immerfort davon sprach, nach Amerika zu ziehen, zitterten wir jedesmal, daß er jetzt hingefahren wäre... Wenn ich denke, daß mein Garten genau so groß ist und ich doch nichts davon habe!«

Germaine wartete. Das war besser. Ihre Mutter beklagte wieder einmal, daß sie die Parterrewohnung ihres Häuschens mitsamt dem Garten vermietet hatte, so daß sie auf den ersten Stock beschränkt war.

»Und stell dir vor, sie beschweren sich noch wegen Boby, weil er ein einzigesmal in den Korridor gemacht hat!«

Boby hob augenblicklich den Kopf. Er war ein kleiner Hund mit glattem, rotbraunem Fell und gestutztem Schwanz. Einen Moment blickte er aufmerksam zu seiner Herrin auf, dann streckte er sich mit einem Seufzer wieder auf seinem Sonnenfleck aus.

»Aber ich habe ihnen geantwortet, daß...«

Die Stunden flossen träge dahin. Die Blumen dufteten, die Fliegen summten, aus der Küche drang von Zeit zu Zeit ein Hauch von dem Kaninchenragout, das auf dem Herd schmorte.

Germaine war erstaunt, als sie Emile mit seiner Schultasche auftauchen sah. Schon von weitem rief er: »Hunger!«

Aus unerforschlichen Gründen brachte dieses »Hunger!« Madame Brochard auf die Frage:

»Und dein Mann ist noch immer mit seiner Stellung zufrieden?«

»O ja. Maurice ist mit allem zufrieden.«

»Ja, er hat wirklich eine glückliche Gemütsart.«

Germaine fühlte sich einen Augenblick lang versucht, eine ganz kleine Einschränkung zu machen. Aber nein – es war besser, nicht darüber zu reden. Das meiste Unglück kommt daher, daß man darüber redet. Beim Reden treten Gedanken, Gefühle, Wünsche zu Tage, die in der Stille vielleicht niemals deutlich geworden wären.

Maurice hatte sich nicht verändert. Er erhob sich jeden Morgen in der besten Laune und weckte die Kinder, indem er sie in die Nasenspitze kniff. Er sang, während er sich ankleidete, mit unerwarteten Unterbrechungen beim Rasieren.

Die Liebe ist ein Zi...

Zwei Striche um die Mundwinkel, eine Grimasse, dann fuhr er mit anderer Stimme fort:

... geunerkind...

Die Fenster standen offen. Im Garten glitzerte der Tau. Germaine streute den Spatzen Brotkrumen und sah ihnen zu, während sie das Frühstück machte.

Nein, Maurice hatte sich nicht geändert. Jeder hätte bestätigt, daß er genau so fröhlich war wie eh und je, mit dem gleichen Anflug von Naivität, die einen Grundzug seines Charakters bildete.

Wenn er mit Christian auf den Schultern von der Platzmusik kam und Christian sein Haar zerzauste, störte es ihn nicht im geringsten, daß die Leute sich nach ihm umdrehten.

Sein schalkhaftes Lächeln schien zu verkünden: »Jawohl, ich führe meine Familie spazieren!«

Sobald er aus dem Büro heimkam, setzte er sich in seinen Lehnstuhl neben der Küchentür...

»Woran denkst du?« fragte Madame Brochard unvermittelt ihre Tochter.

»Ach – an gar nichts...«

Es war so ungreifbar – wie die leise Sehnsucht, die manchmal um seine Stirn zu schweben schien.

»Was hast du?« hatte Germaine ihn einmal gefragt.

»Ich?«

Er war ehrlich erstaunt. Was hätte er haben sollen?

Ja, was hatte er? Er war in niemanden verliebt, das stand fest. Denn er konnte sich doch nicht auf einen Schlag in das kleine Serviermädchen im Weißen Roß verliebt haben, das damals, als Germaine

ihn abholen kam, gerade mit dem Frühstückstablett in seinem Zimmer stand.

Sie kannte ihn so genau! Er war niemals verliebt. Beim Spazierengehen drehte er sich manchmal mechanisch nach einer hübschen Frau um –
besonders nach den jungen Mädchen. Wenn er
dann merkte, daß es seiner Frau nicht entgangen
war, probierte er es erst einmal linkisch zu ver-
tuschen.

»Was die für einen komischen Hut hatte!« rief er.

Im nächsten Augenblick erkannte er wohl, daß
er ihr nichts vormachen konnte, aber da es nichts
Schlimmes war und keine langen Erklärungen
lohnte, sah er sie nur lachend an, um ihr zu bedeuten: »Du siehst ja selber, daß es mir nicht ernst
ist!«

Aber jetzt drehte er sich nicht mehr nach vor-
übergehenden Frauen um, und manchmal überkam ihn eine unvermittelte Schwermut.

Wenn seine Frau ihn dabei ertappte, wie er vor
sich hinträumte, zwang er sich zu einem Lachen
oder erzählte rasch eine komische Geschichte. Er
war nicht mehr offen.

»Maurice!«

»Ja?«

»Sag mir doch, was du hast!«

»Wie kommst du darauf? Was sollte ich denn
haben?«

Nein, es war klüger, nicht mehr davon zu reden, ihn nicht zu drängen, daß er seine vagen Gefühle in Worte faßte. Um so weniger hatte sie Anlaß, sich ihrer Mutter anzuvertrauen, die übrigens inzwischen plötzlich durch den Geruch des Ragouts abgelenkt wurde.

»Machst du es noch immer wie bei uns zu Hause?«

Die Haustür ging. Germaine fuhr leicht zusammen.

»Emile! Deck schnell den Tisch!«

Maurice Arbelet erschien im Garten und neigte sich über die Stirn seiner Schwiegermutter.

»Wie geht's, Mama?«

Germaine blickte zu ihm auf und war zufrieden. Er schien in ungezwungen guter Stimmung.

Man mußte sacht vorgehen, nichts zwingen, an nichts anstoßen, das war die ganze Kunst. Er gab seiner Frau einen Kuß, hob Christian vom Boden auf und schwenkte ihn durch die Luft.

»Na, Dicker?«

Der Kleine war daran gewöhnt. Hoch über dem Haupt des Vaters schwebend, fuhr er seelenruhig fort, mit einem Endchen Bindfaden zu spielen, wie vorhin auf dem Erdboden.

Im Eßzimmer drinnen legte Emile das Tischtuch auf.

In der heißesten Stunde, als Monsieur Jean sich alle Augenblicke den Schweiß abwischte, weil es vor dem Herd kaum auszuhalten war, kamen Gäste, Leute von der Art, die in einem großen offenen Wagen fahren. Sie machten sich nicht erst die Mühe, das Menü anzusehen, sondern bestellten geradewegs *Châteaubriand à la béarnaise.*

Monsieur Jean, der bei jeder Ankunft in die offene Tür trat, hatte die Bestellung gehört und wollte schon antworten, das wäre unmöglich.

»Das wird aber mindestens eine halbe Stunde dauern!« rief er Mélanie zu.

Sie meldete es den Herrschaften und kam zurück, um zu verkünden:

»Es macht nichts. Sie wollen inzwischen spazieren gehen.«

Die Sauce mißlang ihm, er konnte sie nur retten, indem er tüchtig Mehl hineinat. Sein Gesicht troff von Schweiß. Um die Nasenflügel herum war er ganz weiß, als wäre er im Begriff, in Ohnmacht zu fallen. Sein Blick war schon seit dem frühen Morgen so stier, daß man ihn kaum ertragen konnte.

»Warum schaust du mich die ganze Zeit an?« rief er Nine zu, die nicht den Mund auftat.

Er arbeitete gereizt und nervös und ließ seine Wut an den Schüsseln und Pfannen aus.

Er vermied es, Rose ins Gesicht zu sehen, doch jedesmal wenn sie an ihm vorbeiging, warf er ihr einen ängstlichen Blick zu – so wie er seine Frau anzublicken pflegte, wenn er ein schlechtes Gewissen hatte.

Rose zuckte nicht mit der Wimper, sie war genau wie immer. Auch sie spürte die Hitze. Wenn sie ein paarmal zwischen dem Saal und der Küche hin- und hergelaufen war, war ihr Hals ganz naß.

»Zweimal *Sole meunière*, zweimal!«

Alle Tische waren besetzt. Die Autos surrten auf der Straße dahin wie bei der Tour de France. Die Chapuis, die einen Achtertisch hatten reservieren lassen, kamen zu zwölft, weil sie unterwegs Bekannten begegnet waren. Da hübsche Frauen darunter waren, spielten sie sich als alte Stammkunden auf.

»Wo ist denn Jean?« rief Chapuis Madame Fernande zu.

»Er steht an seinem Herd.«

»Da muß ich ihn gleich begrüßen!«

Er gebärdete sich als großer Bonvivant, der um jeden Preis Stimmung machen will.

»Na, großer Chef, was macht unser Essen? Kommt doch alle herein! Seht euch den Meisterkoch in Ausübung seiner hohen Kunst an!«

Jean brachte ein klägliches Lächeln zuwege, das eher einer Grimasse glich.

»Na, dann können wir uns wohl zu Tisch setzen?«

»Gewiss, Sie werden sofort bedient.«

Es war kein großer Tisch mehr frei. Man mußte eines der Marmortischchen aus dem Café anschieben und noch einmal ganz frisch aufdecken.

Madame Fernande warf ab und zu einen Blick durch die Küchentür, und je mehr Unerfreuliches sie zu hören bekam, desto mehr verwandelte sich ihre Ungeduld in richtige Angst.

Dabei durfte sie ihren Platz nicht verlassen! Die Geräusche, die sie vernahm, die Stimme ihres Mannes verrieten ihr seine Laune.

»Rose! Nummer Fünf ruft!«

»Die Rechnung, Mademoiselle!«

»Ein Menü zu achtzehn, eine halbe Flasche Pouilly, einen Kaffee...«

»Kein Aperitif?«

»Nein.«

Sie mußte den Leuten Auskunft geben, die nach der Toilette fragten, obwohl das Wort groß und deutlich auf der Tür zu lesen war. Andere erkundigten sich nach den Preisen für Zimmer, für Vollpension, obwohl sie wußten, daß sie nie wieder hierherkommen würden.

Madame Fernande trug ihr ständiges Lächeln zur Schau. Es war kühler und ruhiger als das ihres Mannes.

»Sagen Sie, Madame, wie fährt man am besten nach Lyon?«

Rose und Mélanie liefen mit Schüsseln und Tellern hin und her. Man rief von mehreren Seiten gleichzeitig nach ihnen.

Eine Stufe führte in die Küche hinunter. Sobald sie in der Tür waren, begannen sie schon:

»Zweimal Huhn – einmal Beefsteak, nicht durchgebraten...«

Jedesmal schaute Nine unwillkürlich den Patron an, und er ärgerte sich jedesmal über ihren inquisitorischen Blick.

Seine Wut erreichte mit einemmal einen derartigen Grad, daß er mit gesenktem Kopf und keuchendem Atem in den Hof hinaus stürzte.

Mélanie kam angelaufen: »Dreimal Huhn, dreimal!«

Sie sah sich nach dem Patron um und fragte besorgt:

»Wo ist er denn hin?«

Nine zeigte wortlos durchs Fenster. Mélanie riß die Tür zum Hof auf.

»Monsieur Jean! Dreimal Huhn!«

Es war ein Zufall, daß er zurückkam – er wäre in diesem Moment ebensogut imstande gewesen, alles hinzuschmeißen. Noch nie hatte er ein Huhn so schnell tranchiert. Er schleuderte die Stücke auf die Schüsseln.

»Da!«

Zuerst hatte er an alle Unannehmlichkeiten gedacht, aber jetzt brauchte er nicht mehr zu denken und war auch nicht mehr dazu fähig. Er wütete, um zu wüten.

Wie der Fahrgast im Auto sich bei einer starken Steigung instinktiv vorbeugt, um dem Motor zu helfen, wandte Nine die Augen nicht von ihrem Herrn ab, um ihm bis zum äußersten beizustehen.

Höchstens noch eine Stunde, dann war es vorbei. Das Tempo begann sich schon zu verlangsamen, man verlangte die Rechnung. Nur der Zwölfertisch, an dem Monsieur Chapuis thronte, war erst bei den Fischkroketten.

»Sag dem Patron, daß er einen Augenblick herkommt!«

Und Rose richtete gehorsam aus:

»Monsieur Chapuis will Sie sprechen.«

Jean mußte eine andere Miene aufsetzen, sich die Stirn und die Hände abwischen.

»Ein dreifaches Hoch für den großen Chef, der uns dieses Wunderwerk serviert hat. Hoch! Hoch! Hoch!«

Er strahlte, dieser Trottel von einem Chapuis! Er wollte Monsieur Jean unbedingt dazu bewegen, sich zu ihnen an den Tisch zu setzen, er erklärte seinen Freunden:

»Fünf Jahre komme ich schon her, und er hat nie geruht, mir sein Rezept zu verraten!«

Wenn er es gekannt hätte!

»Entschuldigen Sie, meine Herrschaften, aber ich muß wieder in die Küche und...«

»Nur wenn Sie versprechen, mit uns nachher einen Likör zu trinken!«

»Abgemacht!«

Er war den Tränen nahe, als er wieder in die Küche kam, die im Vergleich zu dem sonnigen Saal beinahe dunkel schien. Er war dem Blick seiner Frau ausgewichen, aber es kam ihm vor, daß sie ihn genau so ansah wie Nine, wie um ihm Mut zu machen.

Mut wozu? Hätten sie das erklären können?

Und das Mädel, die kleine Rose – was war mit der los, daß sie keine Miene verzog? Wußte sie noch nichts von ihrem Übel?

Er trank ein Glas Wasser, dann noch eines und ein drittes. Das eiskalte Wasser verursachte ihm Brechreiz.

Jetzt konnte es nur noch zwanzig Minuten dauern. Die Chapuis waren schon beim Käse. Mélanie stand in der Küche, in einem Winkel und aß mit den Fingern ein Stück Huhn, das jemand auf dem Teller gelassen hatte.

Rose ging zufällig dicht an Monsieur Jean vorbei, und er packte sie unvermittelt an der Schulter.

»Hat meine Frau mit dir gesprochen?«

Sie fuhr unter dem brutalen Griff erschrocken zusammen und antwortete nicht gleich.

»Hat meine Frau dir alles gesagt? Kannst du nicht reden?«

»Ja...«

»Na und?«

Sie wußte nicht, was er wollte, aber seine Haltung erschien ihr so drohend, daß sie sich bemühte, ihm so zu antworten, wie er es wünschte. Über seine Schulter blickte sie fragend zu Nine hinüber, die ihr auch nicht helfen konnte.

»So sag doch etwas! Rede schon, zum Teufel!«

Er hatte die Stimme erhoben, was man in der Küche niemals tat, denn die Gäste im Saal konnten alles hören.

»Du willst also nicht reden?«

»Aber, Monsieur Jean...«

Sein Mund stand offen, er begann plötzlich zu keuchen, ohne ersichtlichen Grund.

»Hat sie dir gesagt, was dir fehlt? Weißt du's jetzt?«

Rose verzog das Gesicht zu einer Grimasse, die in einem Aufschluchzen endete, und Mélanie bekam Angst und wandte sich rasch ab. Sie wollte mit der Sache nichts zu tun haben. Da bewegte sich die Tür, und Madame Fernande erschien auf der Schwelle.

»Rose, Nummer Acht will zahlen.«

Normalerweise wäre sie deswegen nicht in die Küche gekommen, aber sie dachte, daß ihre Ruhe ansteckend wirken würde. Monsieur Jean geriet tatsächlich aus der Fassung, weil seine Wut, die sich immer noch steigerte, ins Leere traf. Um diese Leere zu füllen, fühlte er sich genötigt, nach der ersten, besten Schüssel zu greifen – es war eine Salatschüssel – und sie aufbrüllend zu Boden zu schmettern.

»Schluß! Ich hab's satt!«

»Jean!«

»Was?«

Sie deutete auf den Saal, und er sah sie mit einem mörderischen Blick an. Sie mahnte ihn daran, daß er nicht nach seiner Laune leiden durfte.

»Schluß habe ich gesagt, verstehst du? Schluß, Schluß, Schluß! Ich hab's satt!«

Mélanie schlüpfte unbemerkt hinaus und schloß die Tür zum Saal hinter sich.

»Sie gehen bald«, sagte Madame Fernande.

Das bedeutete: »Nimm dich noch ein paar Minuten zusammen. Nachher können wir reden, streiten, schreien, mit den Füßen stampfen...«

Aber er stampfte schon jetzt mit dem Fuß. Es war die Wut eines ungezogenen Kindes. Er fühlte, daß er es falsch anfing, daß er ins Leere tobte, aber um so mehr verrannte er sich in seinen Trotz.

»Schluß! Schluß, sag ich!« Er schleuderte die Schürze in einen Winkel und stürmte in den Hof hinaus.

Es hatte keinen Zweck, ihm nachzulaufen. Madame Fernande kehrte zur Kasse zurück und bemühte sich, Monsieur Chapuis zuzulächeln, dem der Lärm nicht entgangen sein konnte.

»Mélanie!«

»Ja, Madame...«

»Gehen Sie nachsehen, was Monsieur macht. Aber lassen Sie sich nicht blicken.«

Vielleicht würde er das Haus verlassen, wie er es bei manchen Wutanfällen schon getan hatte? Einmal war er erst mitten in der Nacht heimgekommen, und statt sich ins Schlafzimmer zu begeben, hatte er sich in ein freies Gastzimmer gelegt.

Er war wohl noch im Hof und zögerte, aber Madame Fernande hörte ein Geräusch im Café. Da sie von ihrem Platz nicht hineinsehen konnte, rief sie Rose.

»Ist Monsieur drinnen?«

»Ja.«

»Was macht er?«

»Er trinkt.«

Das war besser, denn da würde ihm bald schlecht werden, und er müßte sich hinlegen.

»Servieren Sie das Obst, Rose.«

Mélanie, die durch die Küche gegangen war, sah niemanden im Hof. Nur der Hund winselte in seiner Hütte, weil man sein Fressen vergessen hatte.

Nine war mühsam aufgestanden, um die Ofentür zu schließen, die Monsieur Jean offen gelassen hatte.

Schritte auf der Treppe...

Mélanie begriff und meldete der Patronne:

»Jetzt ist er hinaufgegangen.«

»Sicher?«

»Ja, hören Sie nur.«

Tatsächlich hörte man oben eine Tür rücksichtslos zuschlagen, das Bett knarrte.

»Sie müssen meinen Mann entschuldigen, Monsieur Chapuis. Er fühlt sich nicht ganz wohl. Die Hitze...«

»Nur unter der Bedingung, daß Sie mit uns anstoßen!«

Sie trank ein Glas mit ihnen, und endlich verfrachteten sie sich in ihre Autos. Madame Fernande ging, eigentlich ohne Sinn und Zweck und jedenfalls ohne einen bestimmten Verdacht ins Café und öffnete instinktiv die dritte Schublade der Theke.

Die Schublade war leer. Der Revolver lag nicht mehr darin.

Sie stand einen Augenblick reglos da. Dann lief

sie aus dem Saal, rannte die Treppe hinauf, warf sich mit geballten Fäusten gegen die Schlafzimmertür.

»Jean! Jean! Mach auf! Gib Antwort!«

Er antwortete nicht, aber er bewegte sich dort drinnen.

»Mach auf! Ich muß mit dir reden!«

Er ließ sie absichtlich zappeln, und zum erstenmal im Leben verlor sie ihre Ruhe. Sie stürzte die Treppe hinunter, in die Küche, wo Mélanie mit Nine schwatzte. Rose räumte die Tische im Restaurant ab.

»Wir müssen etwas tun... Ich weiß nicht... Vielleicht die Polizei rufen? – Monsieur hat sich mit dem Revolver oben eingeschlossen...«

Rose wandte drinnen im Saal den Kopf, dachte einen Augenblick nach und trat dann in die Küchentür.

»Wissen Sie sicher, daß er den Revolver hat?«

»Warum fragst du das?«

»Weil – ich bin nicht ganz sicher... Ich dachte, Félix hätte ihn genommen...«

Madame Fernande stürzte, ohne zu überlegen, in den Hof hinaus und lief in großen Sprüngen auf die Garage zu.

10

Zum erstenmal im Leben plapperte sie vor sich hin, wie die Frauen, die vom Unglück überwältigt sind. Jetzt ging sie ruckweise, sah sich um, sah zum Schlafzimmerfenster hinauf, murmelte:

»Er ist so nervös...«

Sie meinte nicht eigentlich »nervös«, sondern gab dem Wort, mit dem sie den Zustand ihres Mannes bezeichnete, einen eigenen Sinn. Nervös – das bedeutete, daß er immer gleich aufgeregt war, gewiß, aber auch daß bei ihm Tücke dahintersteckte, eine gewisse Bosheit. Er war eben ein Mann, er konnte nichts dafür.

Sie achtete nicht auf die Hühner in der Garage, wohin sie sonst nie einen Fuß setzte. Sie sah sich verwirrt um und rief:

»Félix!«

Dann erblickte sie die Leiter, erklomm drei oder vier Sprossen und hielt jäh inne, als von oben eine Stimme ertönte:

»Was wollt ihr alle von mir? Hinaus!«

»Ich bin's, Félix, Madame Fernande. Sie müssen...«

»Hinaus! Sonst gibt's was!«

Sie wunderte sich kaum, ihre Gedanken waren woanders. Sie fürchtete vor allem, daß ihr Mann inzwischen eine Dummheit anrichten könnte.

»Hören Sie, Félix! Ich...«

»Abhauen! Sonst schieße ich!«

Er war nicht zu sehen, man ahnte nur etwas Schwarzes, das sich dort oben in dem unbestimmten Grau regte. Dann knallte ein Schuß. Madame Fernande stürzte im gleichen Augenblick hinaus, aber Félix mußte in die Luft geschossen haben. Man hörte es im Deckengebälk leise krachen.

Während sie durch den Hof zurücklief, murmelte sie vor sich hin:

»Er ist verrückt!«

In der Küche standen sie starr vor Verblüffung da. Sie rief ihnen im Vorbeilaufen zu:

»Félix ist verrückt!«

Dann wieder die Treppe hinauf, an die Schlafzimmertür.

»Jean! Félix ist verrückt! Er hat auf mich geschossen... Um Gotteswillen, komm!«

Die Tür öffnete sich. Ihr Mann sah sie düster an und fragte gleichsam vorwurfsvoll:

»Du bist aber nicht verletzt?«

174

»Nein, aber er hat auf mich geschossen! Wohin gehst du?«

»In die Garage, Teufel noch einmal!« Angst hatte er nie gekannt. Madame Fernande lief ihm nach und klammerte sich an seine Schultern.

»Jean, warte! Die Polizisten werden kommen…«

Sie schrie den anderen zu, Nine, Mélanie, Rose, wer gerade da war:

»Die Polizei anrufen! Sie sollen sofort kommen!«

Ihre Brust hob sich in unregelmäßigen Stößen. Sie war noch nie in einem solchen Zustand gewesen, sogar ihre Stirnlöckchen waren in Unordnung geraten.

»Jean, warte! Beruhige dich! Vielleicht rege ich mich ganz zu Unrecht auf…«

Sie bemühte sich, zu lächeln, um ihn zu beruhigen. Sie kannte ihn und wußte, daß er früher oder später in Tränen ausbrechen würde.

»Bleib hier, Jean. Die Polizisten werden schon mit ihm fertig werden. Das ist ihr Beruf.«

Er ließ sich von ihr zurückhalten und starrte finster zu Boden.

»Es mußte einmal so kommen… Offenbar hat er den Revolver aus der Theke genommen. – Haben Sie die Polizei erreicht, Mélanie?«

»Sie kommen mit dem Motorrad.«

»Bleib ruhig, Jean. Sie sind gleich hier. Es lohnt sich nicht, dein Leben aufs Spiel zu setzen.«

Gerade weil es sich nicht lohnte, tat er es. Wenn er ruhig hier wartete, fühlte er sich lächerlich... Aber wenn er losging, mit den Händen in den Taschen den Hof durchquerte und ohne Zögern in die Garage eindrang, verursachte er Aufregung.

Kaum war er in der Garage verschwunden, als wieder ein Schuß fiel. Fernande stürzte ihrerseits hin, erreichte die Tür und suchte das Halbdunkel mit ihren Blicken zu durchdringen.

»Jean! Wo bist du?«

Er stand mitten in der Garage, der Leiter zugewandt.

»Komm heraus, Jean! Bring dich nicht unnütz in Gefahr!«

Draußen hörte man das Motorrad der Polizei rattern, und der Wachtmeister erschien, von Mélanie geführt, im Hof. Gerade in diesem Augenblick ertönte ein dritter Schuß, und Jean verließ so langsam wie möglich die Garage.

»Ich glaube, er schießt in die Luft«, bemerkte er. »Wenn er meinen Revolver hat, sind nur sechs Schüsse darin. Es bleiben ihm also bloß noch drei.«

»Wie kommen Sie darauf, daß er verrückt geworden ist?« fragte der Wachtmeister Madame Fernande.

»Ich weiß nicht... Er war immer ein Sonderling... Vorhin wollte ich ihn etwas fragen, da hat er auf mich geschossen.«

Die Sonne stand hoch am Himmel, die Autos rasten vorbei. Den Nachbarn waren die Schüsse offenbar nicht aufgefallen, sie hielten sie wohl für Fehlzündungen. Nur der Metzger von gegenüber trat in seiner blutbefleckten Schürze in den Hof, weil die Ankunft der Polizei seine Neugier erregte.

Die kleine Gruppe stand ein paar Meter von der offenen Garagentür entfernt. Mélanie hatte noch ganz fettige Hände vom Geschirrwaschen. Die Hühner und der Hahn, die durch die Schüsse aufgeschreckt waren, brachten ihre Empörung geräuschvoll zum Ausdruck.

Der Wachtmeister, der riesenhafter denn je wirkte, näherte sich der Tür, steckte den Kopf hinein und rief:

»Heda, alter Félix! Gib Ruhe, hörst du? Wenn du noch einmal schießt, schieße ich auch. Verstanden?«

Félix gab prompt einen Schuß ab, traf aber nur einen alten Kessel, der an der Wand hing.

»Aha, so kommst du mir? Na, wir werden ja sehen, wer zuletzt lacht!«

Der Wachtmeister wandte sich lachend um.

»Soll er nur seine letzten zwei Kugeln verschießen!« flüsterte er mit bedeutsamem Augenzwinkern.

»Was ist denn hier los?« erkundigte sich der Metzger.

Mélanie erklärte: »Félix!«

Es war irgendwie komisch, dazustehen und auf die gähnende Türöffnung zu starren. Auch wenn man den Kopf in die Garage steckte, sah man nichts.

Sie warteten, ohne recht zu wissen, worauf sie warteten. Der Briefträger, der mit seiner Tasche auf dem Bauch eintrat, gesellte sich zu ihnen, und sogar Nine hatte sich aufgerappelt und stand hinter dem Küchenfenster.

Doch sie interessierte sich nicht für Félix. Sie sprach mit Rose, die sich müde hingesetzt hatte.

»Was wirst du jetzt anfangen?«

»Wieso?« erwiderte das Mädchen argwöhnisch.

»Na, was Madame Fernande dir gesagt hat...«

»Jetzt fangen Sie auch davon an? Wenn alle Welt es weiß, braucht man doch kein solches Theater zu machen! Was ich anfangen werde? Solang man mir den Doktor bezahlt...«

Im Hof ging es fast zu wie bei einem Spiel, das gerade gefährlich genug war, um spannend zu sein. Der Polizist, der hinter seinem Vorgesetzten nicht zurückstehen wollte, war seinerseits in die Garagentür getreten und winkte den anderen bedeutsam zu. Dann zog er seinen Revolver und zielte auf den Kessel, den Félix vorhin schon getroffen hatte.

Er schoß. Und von oben knallte zur Antwort ein Schuß.

Fernande warf ihrem Mann einen verstohlenen Blick zu und sah, daß ihm das mißfiel. Tatsächlich standen sie alle da wie vor einer Jahrmarktsbude oder wie die Neugierigen auf der Straße, wenn man einen entflogenen Papagei von seinem Baum herabzulocken sucht.

»Er hat nur noch einen Schuß«, stellte sie fest.

Monsieur Jean trat vor. Vielleicht wäre ihm ein Streifschuß nicht ungelegen gekommen? Der Wachtmeister folgte ihm und suchte ihn an der Tür zurückzuhalten.

»Achtung, Monsieur Jean!«

Aber Monsieur Jean schüttelte seine Hand ab und verschwand. Niemand hätte erklären können, warum er sich starrsinnig der Gefahr aussetzte. Es war wie eine fixe Idee, und der Wachtmeister wäre in Verlegenheit geraten, den Grund seiner Handlungsweise zu erklären.

Monsieur Jean stapfte durch Stroh und Hühnerdreck langsam bis zum Fuß der Leiter, wild entschlossen, nicht mehr anzuhalten.

Ein Schuß fiel, draußen ertönte ein Aufschrei. Fernande stürzte in die Garage und schrie:

»Jean! Jean!«

Er drehte sich um.

»Was ist?«

»Bist du nicht verletzt?«

»Nicht im geringsten!«

179

Er machte sich von ihr los und begann die Leiter emporzuklimmen, erreichte die Galerie, wo Félix sein Lager aufgeschlagen hatte.

Von unten sah man, wie er sich oben, zuerst aufrecht, dann gebückt, dann wieder aufrecht, weitertastete. Er blieb stehen und betrachtete mit gesenktem Kopf seine Hand. Niemand wagte etwas zu sagen. Sie warteten, bis er schließlich brummte:

»Man müßte ihn von hier fortschaffen...«

Das erwies sich als schwierig. Félix war schwer und die Leiter unbequem. Zum Glück besaß der Wachtmeister Bärenkräfte und machte sich nichts daraus, seine Uniform zu beschmutzen.

»Wo soll man ihn hinbringen?«

»In ein leerstehendes Zimmer.«

»Rose, Nummer Drei ist doch frei?«

»Ja, Madame, aber ich hab noch nicht aufgeräumt.«

Madame Fernande fragte ihren Mann ganz leise:

»Ist er tot?«

Monsieur Jean wollte nicht antworten. Er wußte es nicht und wagte den Körper nicht mehr zu berühren. Er hielt seine blutige Hand weit von sich gestreckt. Im Haus angelangt, steckte er sie sofort unter den Wasserhahn und starrte mit aufgerissenen Augen auf den Strahl, der nicht aufhören wollte, sich rosig zu färben.

»Hallo! Doktor Chevrel? – Hier ist das Weiße Roß... Ja, äußerst dringend...«

Der Wachtmeister blieb oben, während der Polizist hinunterging und verkündete:

»Das Herz schlägt noch.«

»Das kann nicht sein!« stöhnte Fernande, die gegen eine Ohnmacht ankämpfte.

Es konnte nicht sein, daß Félix noch lebte! Die Kugel hatte ihm den halben Kopf weggerissen.

Sie wagten einander nicht mehr anzusehen, während sie mit verkrampften Fingern warteten. Ab und zu tat einer ein paar Schritte und blieb ebenso grundlos wieder stehen.

Warum dauerte es so lange, bis der Doktor kam?

Sogar der Wachtmeister war ganz blaß. Er trat oben auf die Treppe und neigte sich über das Geländer.

»Haben Sie den Doktor erreicht? – Sagen Sie, war der Alte katholisch?«

Sie sahen einander an. Niemand wußte es.

»Es kann ja nicht schaden, den Pfarrer zu rufen«, meinte Mélanie.

»Kennst du ihn?«

»Meine Kleine hat ihre erste Kommunion bei ihm gehabt. Ich lauf rasch hinüber.«

Der Doktor fuhr wie gewöhnlich mit seinem kleinen Wagen bis in den Hof hinein.

»Wer ist es?« fragte er.

»Félix – ja, oben… Er hat sich eine Kugel in den Kopf geschossen.«

»Da werde ich mein chirurgisches Besteck brauchen. Rufen Sie in meiner Praxis an…«

»Rose kann hinüberlaufen. Hörst du, Rose? Du verlangst das chirurgische Besteck.«

Fernande hatte ihre Kaltblütigkeit wiedergefunden. Das war notwendig. Hin und wieder warf sie einen prüfenden Blick auf ihren Mann und war im Grunde ganz zufrieden, ihn niedergeschlagen zu sehen.

Man durfte es nicht laut sagen, kaum ausdrücklich denken, aber die Tragödie hatte ihm gutgetan.

Jetzt war sein Anfall vorbei. Er hatte sich in einen Stuhl geworfen und starrte vor sich hin, doch in seinem Blick lag keine Tollheit mehr.

Der Wachtmeister kam hinunter und zündete sich eine Pfeife an.

»Ich hatte recht, er ist wirklich noch am Leben! Unglaublich! Könnte man vielleicht etwas Steifes zu trinken bekommen?«

Auch er hatte rote Flecken auf den Händen, aber das störte ihn nicht. Er trank zwei Glas Schnaps, schnalzte mit der Zunge und ließ sich an einem Tisch im Café nieder, wo er sein Dienstbuch aus der Tasche zog.

Er hatte zwar nicht die Absicht, sich unverzüglich an die Arbeit zu machen, aber er hatte nichts dagegen, eine amtliche Haltung einzunehmen.

»Warum hat er es eigentlich getan?« fragte er plötzlich.

Er war selbst erstaunt, daß er nicht früher daran gedacht hatte. Sie hatten es alle ganz natürlich gefunden, die Garage zu belagern, aber niemand hatte sich gefragt, was es mit dem alten Félix auf sich hatte.

»Er muß einen Anfall bekommen haben«, erklärte Madame Fernande nach einem Blick auf ihren Mann.

»Was für einen Anfall?«

»Einen Wahnsinnsanfall... Er war krank. Der Doktor war bei ihm gewesen.«

Oben ging eine Tür, und Chevrel rief hinunter:

»Telefonieren Sie um eine Ambulanz!«

»Wo?« erkundigte sich Madame Fernande.

Jetzt saßen alle in der Sonne. Um diese Zeit schien sie immer ins Café und ins Restaurant.

»Nummer 127 in Nevers... Oder nein – lieber Nummer 12 in La Charité. Das wird schneller gehen.«

Rose kam mit einem schwarzen Köfferchen zurück.

»Trag es gleich hinauf.«

»Ich trau mich nicht...«

Mélanie ging mit dem Koffer hinauf und kam nicht wieder. Der Doktor hatte sie zur Hilfe angestellt.

Während seine Frau telefonierte, stand Monsieur Jean auf und ging zur Theke hinüber, um etwas zu trinken, doch als er nach einer Flasche greifen wollte, zog er achselzuckend die Hand zurück.

Wozu noch?

Er fühlte die Augen seiner Frau auf sich ruhen, sie überwachte ihn von weitem. Er war nicht mehr in der Stimmung, sich dagegen aufzulehnen.

»Wenn er eine Ambulanz kommen läßt, heißt das, daß noch Hoffnung besteht«, stellte der Wachtmeister fest. »Ich hätte bei seinem Anblick geschworen...«

Der Polizist saß rittlings auf einem Stuhl und drehte sich eine Zigarette.

Eine geradezu unwirkliche Stille lag über dem Weißen Roß. Man hätte meinen können, es sei mitten im Winter, wenn man nicht mehr als drei Gäste im Tag zu sehen bekam und die Stunden damit verbrachte, am Ofen zu sitzen und zu warten. Monsieur Jean ertappte sich dabei, daß er eine Fliege fing. Dann näherte er sich ohne bestimmten Grund Schritt für Schritt dem Platz seiner Frau, wie ein Mensch, der sich allmählich entspannt.

Er belauerte sie. Ein Blick, ein noch so leises

Lächeln hätten genügt, um ihn aufzuhalten. Doch Madame Fernande kannte ihn. Sie wartete, ohne sich den Anschein des Wartens zu geben.

»Verzeih!« hauchte er im Vorbeigehen.

Das war alles. Das übrige würde abends folgen, wenn er zu weinen begann. Denn er würde weinen – nicht über sie, nicht über Félix, sondern über sich selber. Und zwar würde er mit den Worten beginnen: »Ist das ein Leben für einen Mann in meinem Alter?«

Er begehrte nach allem – nach den Autos, die vorbeifuhren, nach den Orten, die auf sie warteten, nach den Frauen, die bei ihm einkehrten, und jenen, die in den Illustrierten abgebildet waren. Diese Begierden wurden manchmal so heftig, daß er mit den Füßen stampfte wie ein ungezogenes Kind.

Jetzt hatte er gemurmelt: »Verzeih!«

Ein paar Wochen oder Monate lang würde es wieder gehen. Madame Fernande war so froh, daß sie fast vergaß, warum sie alle schweigend dasaßen und warteten, während die Pfeife des Wachtmeisters bei jedem Zug einen unangenehmen Laut von sich gab.

Zur Zeit ihrer Eltern hatte das Theater fast jeden Tag von neuem begonnen, sobald ihr Vater ein paar Glas getrunken hatte, seinen Schnurrbart zwirbelte und einen unheilverkündenden Blick um sich schweifen ließ.

Und doch hatte es vierzig Jahre lang gehalten, weil seine Frau, die übrigens ganz klein und unscheinbar war, ihre Ruhe bewahrte, nicht weinte und niemals Angst zeigte. Mitten im schlimmsten Krach – denn er geriet manchmal mit den Gästen in Streit – wagte sie zu sagen:

»Jetzt langt es, Hector! Geh schlafen!«

Und sie behielt das letzte Wort.

Sie pflegte ihrer Tochter in ihrem bäuerlichen Tonfall zu sagen:

»Das ist mir immer noch lieber als so ein Schwindsüchtiger wie der von Tante Bertha!«

Denn Tante Bertha verbrachte ihr Dasein damit, nicht nur ihren Mann, sondern auch ihre drei Kinder zu pflegen, die alle etwas von der Krankheit abbekommen hatten.

»Solang man nur gesund ist!«

Ein großes weißes Auto mit dem Roten Kreuz darauf hielt vor dem Haus, und die Krankenwärter erschienen in der Tür. Mélanie kam die Treppe hinunter.

»Der Herr Doktor bittet, daß man die Tragbahre hinaufbringt.«

Höchstens noch eine halbe Stunde, und die ersten Gäste waren zu erwarten. Nine, die das wußte, hatte das Feuer neu entfacht und auf gut Glück einen Topf Suppe und grüne Bohnen zugestellt.

Sie weinte nicht, schniefte aber hörbar, während sie in den Hof hinaussah, wo nur der Hund, der nichts begriff, trübsinnig an seiner Kette zerrte.

Zwei Männer gingen mit der Bahre hinauf und schafften den Verwundeten herunter, nicht ohne Schwierigkeiten, denn die Treppe war eng.

Jeder warf einen Blick auf die vorüberziehende Bahre, doch der Kopf des Verletzten war mit einem Tuch verhüllt. Der Doktor, der im Café stehen blieb, schien erschöpft. Gerade war auch der Pfarrer eingetroffen und verhandelte draußen mit den Sanitätern.

»Hat er nichts gesagt?« fragte Monsieur Jean, zur Wand gekehrt.

Chevrel zuckte bloß die Achseln, auf eine Art, daß es einem kalt über den Rücken lief. Erst nachdem er ein Glas Marc gekippt hatte, fügte er hinzu:

»Die halbe Zunge ist weg.«

»Nicht!« schrie Rose und flüchtete in die Küche.

Man hievte Félix in den Krankenwagen.

»Er hat den Revolverlauf in den Mund gesteckt...«

Der Motor lief an, der Wagen setzte sich in Gang.

»Glauben Sie, daß er verrückt war?«

»Warum?«

Ja, warum sollte Félix verrückt gewesen sein?

»Ich dachte...« begann der Wachtmeister.

Doch wozu Erklärungen? Chevrel hatte Kopfschmerzen. Er mußte noch die Klinik in La Charité anrufen.

»Ich werde Ihnen meinen Bericht schicken«, rief er dem Wachtmeister zu.

Ein Auto hielt vor der Tür. Ein dicker Herr und eine dicke Dame stiegen aus.

»Jean!« mahnte Madame Fernande.

Er verstand und machte die Tür zum Speisesaal zu, damit die Gäste die Polizisten nicht sähen. Madame Fernande begab sich zur Kasse und fand dort noch Zeit, eine lächelnde Miene aufzusetzen.

»Könnten wir sofort essen?«

»Gewiß, wir werden Ihnen etwas *à la carte* machen. Ich rufe gleich meinen Mann... Rose, sagen Sie dem Herrn...«

Er kam, während er sich mechanisch den Inhalt des Kühlschranks in Erinnerung rief.

Im nächsten Augenblick stand er schon am Herd. Nine erklärte:

»Ich habe die Suppe aufs Feuer gestellt und grüne Bohnen zum Kalbsbraten.«

Ein Ruck mit dem Schürhaken. Er griff nach der weißen Mütze, die auf dem Tisch lag, und stülpte sie sich auf den Kopf.

»Wird es lange dauern?« fragten die Gäste besorgt.

»Ganz und gar nicht. Sie werden sofort bedient. Mélanie! Zwei Gedecke für die Herrschaften!«

Das Leben ging weiter, aber man spürte schon die Lücke. Jeder dachte unwillkürlich an die Garage, wo jetzt niemand mehr hauste, an den großen, weißen Krankenwagen, der über die Landstraße jagte.

»Rose! Geh deinen Vater fragen, ob er nicht ein paar Tage lang als Nachtwächter aushelfen könnte, bis wir jemanden gefunden haben. Weißt du, wo er sich aufhält?«

»Ja, ich kann es herausbekommen. Wenn er nicht gar zu betrunken ist, bringe ich ihn gleich mit.«

Man mußte die gestreifte Markise ein wenig herunterlassen, weil die tieferstehende Sonne die beiden Gäste störte.

11

Emile hatte magere Beine, dicke Gelenke, einen zu langen Hals. Während sie über den Wiesenpfad gingen, köpfte er mit seinem Stecken die Brennesseln am Wegrand und erklärte Christian, der jetzt ein sanftes achtjähriges Bübchen war:

»Verstehst du? Wenn sie mir erlauben, zu den Pfadfindern zu gehen, muß ich sonntags nicht mehr bei der Hausarbeit helfen!«

»Und ich?« fragte Christian naiv.

»Wenn du ein bißchen größer bist, kannst du als Wölfling zu uns kommen.«

»Wie lang geht das noch?«

Emile überlegte den Fall mit männlichem Ernst und entschied:

»Nächstes Jahr.«

»Emile, deine Füße!« mahnte der Vater.

Denn er ging stark auswärts, was die Absätze einseitig abnützte.

Die Sonne senkte sich, der Staub machte durstig.

Die Loire war ein einziges Flimmern, das den Augen wehtat.

»Vielleicht hätten wir einen kürzeren Weg nehmen sollen«, meinte Mama, die Mühe hatte, mitzuhalten.

Und Papa entschuldigte sich:

»Ich hatte es mir nicht so weit vorgestellt. Die große Schleife, die der Fluß macht, hatte ich rein vergessen. Möchtest du ein bißchen rasten?«

»Es lohnt sich nicht mehr. Wir sind ja bald da.«

Mama war dick um die Taille, und Emile war nicht sehr begeistert gewesen, als man ihm die baldige Ankunft eines Brüderchens oder Schwesterchens in Aussicht stellte.

»Ein Mädchen wäre mir lieber!« verkündete er, ohne einen Grund dafür anzugeben.

Christian sagte nichts, er sagte nie etwas. Er blickte mit den gleichen träumerischen Augen in die Welt wie mit vier Jahren, als er noch auf den Schultern seines Vaters thronte.

Seit zwei Jahren ging er in die Schule und brachte lauter schlechte Zeugnisse heim.

»Mangelnde Aufmerksamkeit!« schrieb der Lehrer mit roter Tinte in sein Heft.

Sah er brav auf die Wandtafel oder eher auf die beiden Tauben, die ständig auf dem Dachsims hockten?

»Willst du nicht wirklich einen Moment rasten?«

Papa hatte sein Taschentuch unter dem Hut ausgebreitet, weil ihn die Sonne in den Nacken stach.

»Nein, nein!«

»Übrigens weißt du ja, daß der Doktor dir Spazierengehen empfohlen hat.«

Sie lächelte nachsichtig, äußerte aber nicht, daß es verschiedene Arten von Spaziergängen gibt und ein Zwölfkilometermarsch für eine Frau in anderen Umständen allerlei bedeutet.

»Wir können ja eine Kleinigkeit essen, bevor wir den Autobus nehmen.«

»Ach wozu? Es kostet soviel, und wir sind ja bald zu Hause.«

»Wie du willst.«

Zwei oder drei Mal beobachtete sie ihn verstohlen und merkte, daß der Gedanke, bald in Pouilly zu sein und am Weißen Roß vorbeizukommen, ihn erregte.

Als sie in den Weg einbogen, der zur Autostraße führte, begann er unwillkürlich rascher auszuschreiten.

»Emile, deine Füße!«

»Ja, Mama.«

Und Emile erklärte dem kleinen Bruder: »Bei den Pfadfindern werde ich auch Fußball spielen – aber dafür bekomme ich dann besondere Schuhe.«

Christian war schläfrig. Schläfrig und hungrig, denn diese beiden Bedürfnisse hingen bei ihm eng zusammen.

»Hast du keinen Durst?« fragte Arbelet in einem Ton, der seiner Frau ein heimliches Lächeln entlockte.

»Du?«

»Ja, ich muß gestehen...«

Das waren so seine kleinen Listen. Er konnte doch nicht jäh und unvermittelt vor dem Weißen Roß stehenbleiben, darum bereitete er ungeschickt das Terrain vor.

»Es ist nicht so sehr die Hitze wie der Staub... Die Wurst war auch besonders stark gesalzen. Das war eine andere Sorte als sonst, nicht?«

»Gut, trinken wir etwas.«

Noch hundert Meter. Die Straße glänzte bläulich von Öl und Benzin. Die Autos jagten vorbei.

»Paßt auf, Kinder! Wartet auf uns. Emile, gib dem Kleinen die Hand.«

Sie überquerten die Straße. Da standen noch die gleichen Lorbeerbäume in den gleichen grüngestrichenen Kübeln. Auch die grüne Bank und die orange- und weißgestreifte Markise waren unverändert.

»Setzen wir uns hierher?«

»Warum nicht?« antwortete sie.

»Fürchtest du nicht, daß der Onkel...«

Arbelets Wangen röteten sich, als er die Schritte einer Kellnerin im Saal hörte. Er drehte sich nur zögernd um.

Doch es war nicht Rose, sondern eine Neue, die er nicht kannte.

»Was nimmst du?«

»Ich möchte ein Bier«, sagte Germaine.

»Also zwei Bier, Fräulein, und eine Orangeade für die Kinder.«

»Für jeden eine!« protestierte Emile, der immer alles mit seinem Bruder teilen mußte.

Der Vater gab nach. »Also gut, zwei Orangeaden.«

Die Sonne war rot, die Schatten stachen blau von den grünen Möbeln ab. Arbelet überlegte, wie er es anstellen sollte, ins Haus und in den Hof zu gehen. Es widerstand ihm, einen banalen Vorwand zu gebrauchen.

Dabei hätte er so gern alles wiedergesehen...

Nicht unbedingt Rose und auch nicht die andere, ältere, die sie Thérèse nannten. Es lag ihm auch nicht am Onkel oder sonst einer Einzelheit – es war das ganze Milieu, an das er sich eine lebhaftere Erinnerung bewahrte als an manchen anderen Ort, wo er jahrelang gelebt hatte.

Drinnen hörte man Geschirrdecken und die Stimmen von Kartenspielern.

Er wandte das Gesicht ab, um sich nicht zu verraten, aber Germaine verstand ihn. Sie sagte leise, damit die Kinder es nicht hörten:

»Du solltest doch fragen, ob Félix noch hier ist...«

»Meinst du?«

Er erhob sich linkisch und trat ins Café und dann in den Saal. Madame Fernande saß an der Kasse, so völlig die gleiche wie vor vier Jahren, daß er einen Augenblick lang ganz verwirrt war.

»Wünschen Sie etwas?«

Die Tür zur Küche stand offen. Was er wünschte? Er hätte sich nicht getraut, es zu sagen. Hineingehen – überall herumschnuppern – in allen Winkeln herumstöbern! Ein klein wenig an dem Leben teilnehmen, das ihm als ideales Leben erschienen war.

Warum? Darum. So war es eben!

»Geht es Ihrem Mann gut?«

Sie sah ihn aufmerksam an und murmelte:

»Verzeihen Sie – ich erinnere mich nicht...«

»Die Siphonflasche, die mir der Pole an den Kopf geworfen hat...«

Er wies auf seinen Kopf, als könnte man von weitem die winzige, blasse Narbe sehen, die halb von den Haaren bedeckt war.

»Ich werde meinen Mann rufen.«

Sie erinnerte sich nämlich wirklich nicht. Vielleicht war die Geschichte mit der Siphonflasche für so ein Haus gar nichts Ungewöhnliches?

»Jean! Komm doch einen Augenblick!«

Er kam, wobei er sich das Gesicht mit seinem Tuch abwischte, und sah den Gast aufmerksam an.

»Moment... Ich glaube...«

»Arbelet aus Nevers. Ein Pole, ich glaube, der Mann von Ihrer Kellnerin...«

»Ja, natürlich!«

Doch er sagte es nur aus Höflichkeit und fuhr fort, als wollte er ihn rasch loswerden: »Darf ich Ihnen etwas zu trinken anbieten?«

»Danke, wir haben schon bestellt. Ich sitze mit meiner Familie draußen... Ich wollte fragen, ob der Nachtwächter noch hier ist, Félix...«

»Der dürfte jetzt gerade im Hof sein.«

»Sie erlauben?«

»Aber bitte! Gehen Sie gleich hier durch. Ich sehe, daß Sie sich an den Weg erinnern.«

Und ob er sich erinnerte! Er hatte einen roten Kopf und fühlte sich so verlegen, als hätte er eine Sünde begangen. Hinter ihm fragte Madame Fernande:

»Wer ist das?«

»Erinnerst du dich nicht? Er hatte eine Siphon-flasche an den Kopf bekommen, und seine Frau kam ihn am nächsten Tag abholen.«

Monsieur Jean verlebte wieder eine schlimme Zeit. Neuerlich begeisterte er sich für den Angel-sport und konnte sich ihm der Gäste wegen nicht völlig hingeben. Er betrachtete sie als Feinde und sich selber als ihr Opfer, als Sklaven.

Er war abgemagert, seine Augen waren düster und schwarz umschattet. Bei ihm gab es immer solche Perioden. Dann nahm er wieder zu, spielte mit den Gästen oder den Lieferanten Belotte und saß vor dem Radio.

Und plötzlich begann er aufs neue die Leute tückisch anzusehen und wegen nichts und wieder nichts in Wut zu geraten.

Eine Frau betrat das Café. Sie war hoch in an-deren Umständen und schien dafür um Ent-schuldigung zu bitten.

»Ist mein Mann nicht hier?«

Sie hatte den Kindern befohlen, sich nicht von der Bank wegzurühren.

»Ich glaube, er ist im Hof. Er hat sich nach un-serem Félix erkundigt.«

»Ist er immer noch bei Ihnen?«

»Ja, gewiß.«

Sie sahen einander an und verstanden sich ohne viele Worte.

»Ich muß Ihnen gestehen – Félix Drouin ist ein Verwandter von uns, ein Onkel, der auf den falschen Weg geraten ist.«

»Ach!«

»Wir hätten ihm gern geholfen. Vor vier Jahren war mein Mann hier, um mit ihm zu sprechen.«

Man sah ein Mädchen in schwarzem Kleid und weißem Schürzchen, die mit dem Rücken zum Saal am Buffet stand und kleine Obstkörbe arrangierte.

»Ich verstehe.«

»Aber der Onkel wollte nichts davon hören.«

»Ich weiß.«

»Das wissen Sie?«

»Ich weiß, daß er um keinen Preis das Haus verlassen will.«

Sie waren beide wohlerzogen und hatten Takt. Sie wollten einander nicht verletzen, kein Thema berühren, von dem man lieber nicht sprach.

Die Luft war klar wie Kristall, man hörte jeden Laut. Emile erklärte seinem Bruder in schulmeisterlichem Ton, wie die neuen Autos funktionierten. Im Hof bellte ein Hund, jemand schürte das Feuer im Herd.

»Macht er Ihnen keine Unannehmlichkeiten?«

»Monsieur Félix?«

Sie sagte »Monsieur«, weil die Dame ihn als ihren Onkel bezeichnet hatte.

»Wir sehen ihn kaum. Wenn man ihn nur un-
gestört wie einen Wilden in seinem Winkel hausen
läßt... Er ist ein Original.«

»Ja... Danke vielmals.«

»Wollen Sie ihn nicht sehen?«

»Nein – lieber nicht. Es wäre ihm vielleicht
nicht angenehm.«

Jetzt erinnerte Madame Fernande sich sehr gut
an die junge Frau, die eines Morgens ihren Mann
holen kam und ihn schleunigst abführte. Sie fühlte
sich nicht versucht, darüber zu lachen oder zu
lächeln. Höchstens beneidete sie die Fremde um
ihren Zustand. Sie hatte vergeblich versucht, ein
Kind zu bekommen. Vielleicht wäre dadurch alles
in Ordnung gekommen...

Wer konnte wissen, ob die Fremde sich nicht
das Kind gewünscht hatte, weil...

»Sie hatten damals ein ganz junges, sehr hüb-
sches Mädchen...«

»Rose? Die ist verheiratet. Ihr Mann hat eine
Garage, acht Kilometer von hier, auf der Straße
nach Nevers.«

Sie hatte sich also nicht geirrt! Die fremde Dame
war eifersüchtig! Und der Mann hoffte, unter dem
Vorwand Félix aufzusuchen, Rose oder ihrem
Geist wieder zu begegnen!

Germaine errötete ohne jeden Anlaß, als fühlte
sie sich ertappt.

»Wir haben jetzt bald einen Autobus, nicht wahr?«

»In einer Viertelstunde.«

Monsieur Jean hatte sie durch den Türspalt gemustert, doch er erkannte sie nicht wieder.

»Vielen Dank, Madame. Guten Abend.«

»Guten Abend, Madame.«

Sie mußte wohl auf die Bank auf der Terrasse zurückkehren, wo Emile dem kleinen Bruder, der kaum mehr die Augen offenhalten konnte, noch immer einen Vortrag über Autos hielt.

»Kommt Papa nicht?«

»Er wird gleich da sein, Kinder«.

Sie hielt sich nicht für sonderlich klug oder stark. Sie hatte immer ein bißchen Angst, aber es war überflüssig, es merken zu lassen.

Jetzt vernahm sie den Schritt ihres Mannes. Sie drehte sich nicht um, als er sich neben ihr niederließ, sondern fragte nur:

»Hast du ihn gesehen?«

»Ja.«

Sie sprachen ganz leise, wegen der Kinder.

»Ich weiß nicht, was ihm passiert ist... Ich habe ihn gar nicht erkannt. Sein Gesicht ist ganz zerstückelt, und er kann fast nicht sprechen – wie nach einer schweren Verwundung.«

»Was hat er gesagt?«

»Nichts... Ich erzähl es dir später.«

»Aber er will nicht?«

»Was?«

»Daß man ihn in einem Heim unterbringt – ihn von hier fortholt...«

Warum klang die Stimme von Maurice nervös, als er antwortete:

»Um keinen Preis!«

Als ob es sich um ihn selber handelte: Oder als ob er ihn verstünde!

»Wir müssen gehen.«

»Mademoiselle! Was bin ich schuldig?«

Es war eine farblose Blondine mit mattblickenden Augen.

»Ich muß erst fragen.«

Eine Neue also!

»Acht Francs fünfundsiebzig. Sie haben nicht telefoniert?«

»Ich? Nein!«

»Dann war es ein anderer Gast – Entschuldigung!«

Sie gingen an den Häusern entlang, Emile mit einem Fuß im Rinnstein, mit dem anderen auf dem Rand des Trottoirs.

Am Himmel spielte die Sonne auf einer gewaltigen Orgel aus Licht und Farben, und überall, sogar auf der Route nationale, brachten einzelne Windstöße den ganzen Duft der sommerlichen Landschaft mit.

»Emile, deine Füße!«

Christian drehte sich um und greinte: »Ich bin hungrig!«

Gerade gegenüber lag die Bäckerei. Papa kaufte zwei Schokoladestangen. Der Autobus hatte Verspätung.

»Also, was hat er dir gesagt?«

»Onkel Félix?«

Er hatte wie immer gesagt: »Scheiße«, aber man unterschied die einzelnen Laute nicht, die aus dem zerbrochenen Kiefer kamen. Er war schmutzig, in seinem Bart waren kahle Stellen, wo kein Haar mehr wuchs. Seine Füße waren mit alten Lumpen umwickelt, weil er in keinen Schuh oder Pantoffel hineinkam.

»Ich muß doch einmal einen...«

Wenn die Gäste erschraken, erklärte Madame Fernande:

»Er ist ganz harmlos.«

Und wenn Monsieur Jean einem Mädchen in den Weinkeller folgte, was er jetzt auch mit der faden Blondine tat, rief er dem Alten im Vorbeigehen zu:

»Wenn du dich unterstehst, die Tür aufzumachen oder hineinzuschauen, dann...«

Mehr brauchte es nicht. Félix knurrte wie ein verprügelter Hund und rollte sich wieder auf seinem Strohsack zusammen, den er - ebenfalls wie ein Hund - beschnüffelte.

»Wenn ich groß bin...« erklärte Emile im Autobus.

Er spürte, daß die Eltern auf der Bank hinter ihnen über ernste Dinge tuschelten. Papa schloß mit den Worten:

»Er hat es selbst so gewollt, nicht wahr?«

Mama antwortete nicht. Sie sah zum Fenster hinaus, und man wußte nicht, woran sie dachte.

Mit der Wirtin aus dem Weißen Roß hätte sie darüber reden können, sie hätten sich verstanden. Doch sogar wenn sich die Gelegenheit geboten hätte, hätten sie es wahrscheinlich nicht getan.

Es gibt Dinge, von denen man nicht spricht.

Man richtet sich irgendwie ein.

Man tut, was man kann.

Arbelet, der sich selbst überlassen war, begann plötzlich wieder zu träumen.

»Wann werdet ihr mit dem Chef sprechen – wegen der Aufbesserung?« zwang sich Germaine zu fragen.

Er riß sich zusammen.

»Mittwoch. Wir sind uns alle einig. Jetzt muß man...«

Nevers. Noch ein paar Straßen weit gehen, den Schlüssel aus der Handtasche hervorsuchen, den Gasherd anzünden, bevor sie den Hut ablegte.

»Ich hab Hunger!« wiederholte Christian.

Dort, in Pouilly, an der Autostraße...

»Sofort werden wir essen, Kinder. Ich muß nur die Suppe aufwärmen.«

Ihr Leib war schwer, aber das machte nichts.

Madame Fernande öffnete die Küchentür und sah gleich, daß weder ihr Mann noch das neue Mädchen da waren.

»Ist Marthe Wein holen gegangen?« fragte sie.

»Ja!« Nine blickte in den Hof hinaus.

Es genügt, wenn man sich versteht. Man braucht es nicht auch noch zu zeigen.

Porquerolles, »Les Tamaris«, März 1938

Georges Simenon
im Diogenes Verlag